U0127282

【文學珍藏】

宋詞鳥類圖鑑

韓學宏　著

【情與貌，略相似

國立臺灣師範大學國文學系教授　王基倫

　　宋詞之美，或婉約，或豪放，常常能景中帶情，藉景物寓託詞人的內心情懷。李清照〈聲聲慢〉說：「雁過也，正傷心，卻是舊時相識。」辛棄疾〈賀新郎〉也說：「我見青山多嫵媚，料青山，見我應如是。情與貌，略相似。」這都是顯著的例子。其實今日見到的雁，未必是昨日見過的雁，但是易安居士注意雁子，不正是天天期盼對方的訊息嗎？其中寓有萬千心事難與人言說的「傷心」呀！而稼軒居士呢？既有「仁者樂山」的仁心，又有青山白了頭的外表，於是眼中的山盡是嫵媚，也料想「青山見我應如是」。這是移情作用，而其中也寓有稼軒的敦厚性情。

　　這種真情流露的方式，人同此心，心同此理，宋詞常見，唐詩常見，自古詞人莫不有之。而所寓託的景物素材，小則一花一草，一聲一音，具體而微，大千世界無物不能入情。所以劉勰《文心雕龍‧物色》說：「詩人感物，聯類不窮。流連萬象之際，沉吟視聽之區；寫氣圖貌，既隨物以宛轉，屬采附聲，亦與心而徘徊。故灼灼狀桃花之鮮，依依盡楊柳之貌……喈喈逐黃鳥之聲，喓喓學草蟲之韻……並以少總多，情貌無遺矣。」詞人常因外在景物觸動敏感的心靈，有所感悟而作詞，因此，領會古詩詞之美，是不能略過這些看似小小的「鳥獸草木之名」，它們的容貌、聲音、習性、特徵，往往在作品中寓有深義。

　　而今，出身國立政治大學中國文學研究所的韓學宏博士，以其個人精深的文學素養，加上對鳥類情有獨鍾的興趣，不辭辛勞，尋訪、記錄、檢索鳥類資料，完成了這本《宋詞鳥類圖鑑》。他的努力是有目共睹的：

　　首先，許多鳥名有古今不同的稱呼，詩詞中亦未必明白指稱是哪一種鳥，譬如古稱「怪鳥」者，竟是今日的「貓頭鷹」；古稱「鵬鳥」者，乃是今日的「信天翁」，本書皆已明白作了注腳，讓讀者增進一層理解。其次，書中圖文並茂的呈現方式，讓人不再是紙上神遊而已，一識鳥兒真面目，再得知鳥兒的習性、特徵，更能拉近讀者與作品之間的距離。再其次，作者常能追本溯源，找出鳥名的來歷，歷代援用的典故意義，讓我們了解為何雁兒是行禮的「信物」，也有報時與送信的功能，為何鷓鴣從思鄉含意變成男女情愛的象徵，而我國傳統對燕子、鵲兒的喜愛，對姑惡、鴟鴞的厭惡，賦予杜鵑、鶴、鸚鵡的特殊意義，也都能從典故引用的脈絡中看出端倪。最後，本書也考察古今用法，發覺古人注解鳥類時，也有不經查證而憑個人印象誤讀的情形，於是將「鵜鴃」誤解作「伯勞」，其實通常該是指「杜鵑」；也會誤認「小溪深處，有黃鸝千百」，忽略了黃鸝只有「兩兩雌雄雙飛」的特徵。這些辨誣的工作，有追求真知的卓越貢獻，非出自深厚專業學養無法說明清楚。

　　從注解、用典，到辨誣，無非讓我們走上欣賞宋詞更平坦的路途，這麼下工夫的努力，一步一腳印，過程是辛苦的，而所有的努力也是值得的。這本書讓我們由小見大，更了解宋詞之美；也讓我們由宋代貫穿至漢、唐，更了解詩詞美文藉物寓情的抒情美學傳統。「情與貌，略相似。」既識鳥之貌、鳥之情，得乎詞人之情應當不遠了！

【賞鳥與詩詞中間的橋梁

中央研究院多樣性生物研究所研究員 劉小如

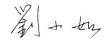

　　現在社會上有不少人喜歡賞鳥，他們累積了很多觀察台灣本土鳥類的經驗，知道各種鳥喜歡哪種環境、會在什麼季節出現等等，更有一些人把認識鳥當作是最重要的興趣與休閒生活重點，甚至不辭千里到偏遠的地方去尋找稀有難見的鳥種。

　　在之前的時代，大家對野鳥的了解與態度卻不是這樣的。我小時候人們對身邊出現的鳥叫什麼名字並不注意，頂多只關心牠好不好吃，是否對作物或家禽、家畜有害，能賣多少錢等，對於鳥類的習性，通常只有粗略的、想當然爾的揣測與推斷。報章雜誌刊登的藝文作品中有關野鳥的描述與紀錄更是少之又少。我曾多次觀看國畫畫室中的學生臨摹老師的作品，畫的主題通常和作畫者的生存環境脫節，畫中的牡丹花並不生長在台灣，畫中的鳥經幾代師生的竄改常常也失去了與眞鳥的關聯。除了生物專業人士或極少數對鳥特別有興趣的人，當年好像沒有誰認爲認識野鳥是重要的事，對於鵬、鵲、鶯這些時常出現在人們名字裡的鳥，大家也一樣陌生。

　　古人對鳥類的態度又是怎樣的呢？《詩經》中第一首詩就提到「關關雎鳩，在河之洲」。雎鳩是古人隨口叫出的名字，還是給特定鳥種的名字？有些寫注解的人說雎鳩是一種候鳥，另有人說是一種魚鷹。魚鷹本是一種吃魚的鷹，但是民間也有人把鸕鷀叫魚鷹，所以雎鳩到底是什麼鳥？在台灣出現的鳥裡並沒有叫雎鳩的鳥種，而大陸上的鳥種比台灣多好幾倍，很多並不在台灣出現，又有很多地區性的名字，所以要正確判斷必須下很多工夫蒐集資料進行分析。

　　或許曾有愛鳥的人想過要做這種研究，但是大部分人閱讀文言詩詞的能力還是有限，我自己就常希望能有國文老師隨時幫我解答疑難。現在，國文老師韓學宏繼他的《唐詩鳥類圖鑑》，又幫大家整理了宋詞裡面的鳥類，不但提供了現代鳥類圖鑑式的說明和圖片，也引用了不少其他年代的詩詞與名句，讓讀者能夠很容易地掌握有關各種鳥的多種陳述與寄情。韓老師在賞鳥及欣賞詩詞之間建立了橋梁，讓喜歡觀察鳥的人讀古人的詩詞，應該會因爲知道了文學家的感動，而對鳥兒添加一層感性的體認；讓喜歡詩詞的人實際了解詩詞所描寫的對象，應該也能讓喜歡文學的人對詩詞的美好有更生動的了解。

　　有些讀者或許對作者引用的某段詩句有不同的解讀，例如認爲天上的比翼鳥泛指一般鳥類在繁殖期常常比翼雙飛的情景，並不指某種特別的鳥種，就像地下的連理枝並不指某種特定的植物一樣；或者黃鶯出谷是聽見幽靜的山谷中傳來悅耳的鳥鳴唱聲，而不是眞的有鳥由谷中遷移出來；或者對特定鳥種的認定有不同的意見，但這些不同的解讀，並不會影響本書帶給讀者的貢獻與閱讀樂趣，何況閱讀此書還能提升自己的詩詞欣賞程度呢。

【婉約之美，詞中禽鳥

　　清代王國維曾說「雙雙金鷓鴣」一句，可以代表溫庭筠詞的風格；「絃上黃鶯語」一句，可以顯出韋莊詞的特色。以鳥類來評詞人風格特色，也是文學評論家的一種觀點！

　　詞人與鳥兒的美麗邂逅，創作出許多讓人低吟品味再三的名篇佳句，讓我們可以從詠鳥詞中認識詞人。譬如，喜歡聽賞「翠葉藏鶯，朱簾隔燕」的晏殊；喜愛「沙上並禽池上暝」的張三影；吟詠西湖美景「驚起沙禽掠岸飛」、「雙燕歸來細雨中」的歐陽修；「揀盡寒枝不肯棲」的蘇軾；以「杜鵑聲裡斜陽暮」獨步詞壇的秦觀；描寫喪偶之痛「頭白鴛鴦失伴飛」的賀鑄；聽「鳥雀呼晴，侵曉窺簷語」，享受曉禽風荷之美的周邦彥；「雁字回時，月滿西樓」，無計消除相思之愁的李清照；訴說壯志未酬「山深聞鷓鴣」及「拍手笑沙鷗，一身都是愁」的愛國詞人辛棄疾。

　　《宋詞鳥類圖鑑》是《唐詩鳥類圖鑑》的姊妹作，仔細閱讀會發現兩書具有互補性，這種互補包括同一鳥種不同的介紹內容以及《宋詞鳥類圖鑑》多增加了約二十種鳥，乃至於以不同角度切入，試圖將唐宋以來文學中的鳥類文化介紹得更加完備等。在圖片處理上，則廣邀鳥類生態攝影家加入，另承蒙「自然攝影中心」網站諸位網友的鼎力支持，讓本書圖片呈現百花齊放的風格，也讓讀者接受更多鳥類構圖的美感薰陶。

　　寫作的過程，起起伏伏，這期間有師長好友的問候、同仁間的相互勉勵，遠在故鄉的父母與親友的打氣，以及每天陪在一旁分憂解勞，來自於內人翠蘭的體諒與支持，還有孩子們的天真與熱情，讓我感染到暗夜敲擊鍵盤的溫暖，在古紙堆中找到持之以恆的動力與信念。

　　最後，要感謝鳥類研究專家江明亮先生的熱心審稿，師範大學國文系王基倫教授的作序，以及中央研究院研究員劉小如博士的專文推薦，都讓我倍感榮幸。

目次

註：前為鳥類古名，括號內為今名。

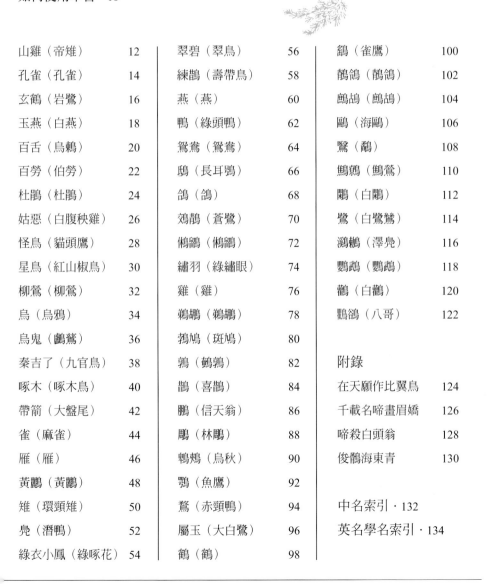

【唐宋詞中鳥種統計與鳥類文化

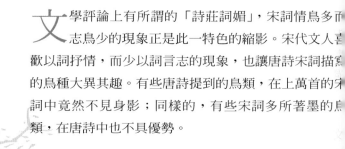

文學評論上有所謂的「詩莊詞媚」，宋詞情鳥多而志鳥少的現象正是此一特色的縮影。宋代文人喜歡以詞抒情，而少以詞言志的現象，也讓唐詩宋詞描寫的鳥種大異其趣。有些唐詩提到的鳥類，在上萬首的宋詞中竟然不見身影；同樣的，有些宋詞多所著墨的鳥類，在唐詩中也不具優勢。

詠頌燕鶯成主流

在詞史上，詠飛禽一直獨居詠動物詞的50%，除了妾身未明的鸞鳳外，唐五代詞以詠燕最多，約有八十餘次；鶯七十餘次居第二；雁第三；鴛鴦以二十餘次居第四。兩萬多首宋詞中，詠鶯最多，燕次之，其次是杜鵑、鶴和雁。宋朝的詠物詞名家，包括蘇軾、周邦彥、辛棄疾、吳文英、姜夔、史達祖、王沂孫、周密、張炎等多位，其中吳文英填了百餘闋最多，而王沂孫的聲望稱冠。至於金元詞則以詠雁最多，鶯、燕次之；清詞詠燕最多，雁與鴉次之。可見燕、鶯一直都是詞中描寫的熱門題材。

唐詩宋詞鳥種的變化

就詠飛禽的作品來說，與唐詩做比較，宋詞中除了提及鵲、鳩的詞作數量與唐詩相當之外，詠孔雀、鸚鵡、雞、鷺、鷓鴣、鵓鴣、鵁鶄、鶺鴒、鷺、雀、啄木、鶺鴒、鵬、玄鶴、白鷳、伯勞、鳧、山雞、鴟鴞、鸕鷀等鳥種的作品都減少了，尤其是雁大減了一千篇，這可能是邊塞與從軍作品大量減少之故。反之，描寫烏鴉、鴨、屬玉、鷗、鶩等水禽的詞作則有增無減，詠杜鵑、鶯、燕及代表吉祥的鶴、玄燕也大幅增加，代表恩愛的比翼、鴛鴦、鸂鶒的作品也不少，唐詩中出現的戴勝則完全失去蹤影。

值得注意的是，宋詞中出現了姑惡與綠衣小鳳這兩種鳥禽，這是唐詩所未曾吟詠過的。

情鳥多而志鳥少

文學評論上有所謂的「詩莊詞媚」，情鳥多而志鳥少的現象正反映出此一特色。宋詞中，屬玉、玉燕與鸂鶒的作品數量都由個位數增加到兩位數，除了表示詞人對於這些鳥種的認識外，也顯示出詞人喜愛這些鳥種所傳達的意涵，譬如玉燕代表壽祥，而鸂鶒則與鴛鴦一樣，也是愛情鳥。鶯鶯燕燕的呢喃細語，更與宋詞婉約訴情的基調相符。

宋詞中言志之鳥出現的次數明顯減少，鷦鷯一枝、鵬程大志、鷓鴣思鄉、鶺鴒示弟、啄木去蠹、雀喻興亡等在唐詩中常見的寓意，在宋詞中都黯然褪色了。

詠鳥專篇

「詩言志」是中國詩歌的傳統，詠鳥的主題也多被冠上這個使命，詞人詠物，常有所寄托，少數的詠鳥詞專篇，以張炎〈解連環‧詠孤雁〉為代表，他用孤雁點出秋深歲晚：「楚江空晚，悵離群萬里，恍然驚散」，也將思念融入孤雁中：「想伴侶、猶宿蘆花，也曾念春前，去程應轉。暮雨相呼，怕驀地、玉關重見。」

史達祖〈雙雙燕〉則將雙燕擬人化：「還相雕梁藻井。又軟語、商量不定」，並且言志：「愛貼地爭飛，競誇輕俊」，還包括思鄉之情：「便忘了、天涯芳信」，同樣是一時之選。

詩詞名句的承傳

一般來說，唐詩中赫赫有名的詠鳥詩句，大多會被後代詞人沿用，譬如辛棄疾「一行白鷺青天」顯然是承自杜甫詩；洪适「西塞山前白鷺飛」則是承自張志和詩；蔡伸「木落雁南翔」是承自孟浩然詩；汪元量「鷓鴣飛上越王臺」承自竇鞏詩；周密「寒鵲驚枝繞」、向子諲「烏鵲繞枝棲未穩」等，則是李白「寒鴉棲復驚」的翻版。

其中較為出色的化用，有辛棄疾「拍手笑沙鷗，一身都是愁」改自白居易「何故水邊雙白鷺，無愁頭上亦垂絲」；柳永名句「今宵酒醒何處？楊柳岸，曉風殘月」，則是源自韋莊「惆悵曉鶯殘月」；張炎「暖香十里軟鶯聲」是化用自杜牧名句「千里鶯啼」。

當然，宋代詞人自創的名句也不少，譬如秦觀「杜鵑聲裡斜陽暮」，將杜鵑啼聲與斜陽、暮春結合來訴說鄉愁；秦觀對鵲橋戀情的評價「兩情若是久長時，又豈在朝朝暮暮」，後被金代元好問所援用，寫出浪漫愛情的極致表現：「問世間情是何物，直教生死相許。」可見，文學一脈相承，好作品是歷經千古而不衰的。

【詩詞與鳥類

文學對於鳥類的描寫可說美不勝收，尤其是貴爲「詩之國度」的古代，詩詞當中對鳥類更是鍾愛有加，不管是鳴聲上的聯想，或在對仗上費心思量，或在詞牌上多予著墨，乃至使詩詞中所描寫的意境成爲千古傳唱的勝景或繪畫題材，都讓我們對鳥類的印象超脫出一貫的認知，藉由豐富有趣的表達方式，也讓我們的體會更深刻。

禽言與詩詞

唐宋詩詞中，「禽言」是很特別的一種描寫，大多數是以具有意義的文字來對鳥類作擬音的吟詠。最有名的，莫過於用來描寫思鄉之情的杜鵑鳥啼聲──「不如歸去」；鷓鴣鳥的「行不得也哥哥」，是戀人行前的叮嚀；竹雞「泥滑滑」的鳴聲，像極了歌女「馬滑霜濃」的叮嚀，婉勸回宮的國君一路小心；催人耕作的布穀布穀，是農桑的導師；白腹秧雞的「姑惡！姑惡！」，則是怨婦的椎心控訴。

對仗與鳥類

詩詞因爲韻律的關係，常會使用平仄相對的句子形成字數相等且在外形與內容上都彼此相關的對仗。鳥類身爲空中的精靈，當然也包括在內，其中以燕鶯的對仗最爲常見，比方說「燕子」對「鶯兒」、「鶯朋」對「燕友」、「鶯鶯」對「燕燕」、「燕舞」對「鶯飛」，其他還有「來鴻」對「去燕」、「紫燕」對「黃鸝」、「凍雀」對「昏鴉」等。

「一雁」對「雙鳧」是數字對；「鸚鵡綠，鷓鴣斑」是顏色對；「烏衣巷，燕子磯」則是地名對。充滿情愛的對仗如「翡翠綾，鴛鴦錦」、「鴛鴦褥，翡翠屏」、「慵把鴛鴦文作枕，思將孔雀寫爲屏」等；較富哲理的是「鶴長」對「鳧短」，

「燕雀」對「鯤鵬」。具有典
□的以「刺史鴨，將軍
□」、「賈誼賦成傷鵬鳥，
□公詩就托鷦鷯」、「帝女
□石，海中遺魄爲精衛；蜀
□叫月，枝上游魂化杜鵑」
□最爲有名。其他如「雞曉
□，雉朝飛」、「放鶴」對
□鵝」、「布穀催耕，醍醐
□飲」等，都充滿了古代文
□的閒情雅趣。

詞牌與鳥類

□詞有「詞牌」，這是與唐
□不同的地方。只要是同一
□牌的作品，聲律多是相
□，歌妓可以依照詞牌的節
□清唱或合樂而歌，用長短
□一的詞句感動聽者。唐詩
□些詠鳥專章，因爲家喻戶
□，所以有些主角到了宋詞
□成爲定格的詞牌，爲詞人
□聲填詞所憑據。
　〈鶴沖天〉詞牌出自韋莊
□看鶴沖天」句，傳說柳
□科考失利後，填了這闋詞
□明志，說「明代暫遺
□」、「忍把浮名，換了淺
□低唱」，結果惹惱了宋仁
□，命他「且去填詞」，言

下之意是不要想做官了。
〈鵲橋仙〉詞牌是以七夕牛
郎織女的故事及歐陽修詞
「鵲迎橋路接天津」而得
名。如果以此詞牌又名〈金
風玉露相逢曲〉看來，則是
受了秦觀就題所寫的「兩情
若是久長時，又豈在朝朝暮
暮」的影響。
　鴛鴦是中國古代文學中赫
赫有名的愛情鳥，自然不會
在詞牌中缺席，〈鴛鴦夢〉
即是代表，因賀鑄「鴛鴦春
夢初醒」而得名。此外，同
是愛情鳥的鸂鶒，也因朱敦
儒寫了「一對雙飛鸂鶒」，
而有〈雙鸂鶒〉的詞牌。

柳浪聞鶯與平沙落雁

「西湖十景」之一的「柳浪
聞鶯」與鳥類有關，這個出
名的景色其實是源自王維
〈聽宮鶯〉等詩詞作品。這
一美景是描寫西湖畔的柳條
迎風輕拂，一小群柳鶯如盪
鞦韆般或倒掛或攀附在柳條
上，發出愉悅動人的鶯鳴，
當鳴聲隨著柳浪舞動，交織
出動人樂章時，才是令人心
眩神迷之處。

　唐宋詩詞中，也出現「平
沙落雁」的景色，例如杜荀
鶴「渡頭新雁下平沙」、翁
綬「雁下平沙萬里秋」等，
到了宋代被歸入「瀟湘八景」
當中，蔡伸〈蘇武慢〉起句
即爲「雁落平沙」，秦觀
「晴洲落雁」及陳亮「漠漠
平沙初落雁」也是描寫此一
景色。由蔣捷「枕屏那更，
畫了平沙斷雁落」的詞句，
可知宋人已將這一美景畫上
屏風欣賞。

【如何使用本書

本書選詞以《全宋詞》爲依據，在多達二萬首的宋詞中爬梳整理，將宋代詞人詠飛禽的作品逐一歸類分析，共計得出山雞、孔雀、玄鶴、玉燕、百舌、百勞、杜鵑、姑惡、怪鳥、星鳥、柳鶯等數十種不同鳥類，並據以完成鳥類專篇介紹六十單元（包括附錄四篇），再以中文筆畫排序爲全書編排順序。

由於古人對於鳥類的辨識不如今日精確，外形、習性相似的不同鳥種往往有混同現象，此一現象在宋詞中也屢見不鮮，以今日鳥類學的知識及精確分類，並佐以典籍所載，會發現宋詞中一種鳥名可能包括數種現代鳥類，因此在本書六十個鳥類專篇中，所收錄介紹的鳥種其實多達上百種。爲了方便讀者了解，並釐清古代文學中鳥類的眞實面貌，每一單元搭配的圖片都盡可能選用不同鳥種以爲對照。

主題鳥類特寫
古人對於鳥類認識不深，極少細分，宋詞中所言鳥種有時可能不止一種，爲了讓讀者能作一比較，本圖鳥種有時會與主圖鳥種不同。

標題
標題均採用宋詞所錄古名，今名則列於標題右下方。同一鳥種的古名稱法若有不同，則以「古又名」方式另外標出其他名稱。

宋詞選錄
精選相關詞作，完整引出全詞。

註解
凡文意艱澀、歷史典故或難字均加註釋及標音，方便讀者閱讀。各單字之標音採用「漢字直音」（同音異字）方式，用以標音之單字均無一字多音的情形。

另見
其他詞作亦見主題鳥類者均列於此，並節錄相關詞句、圈選該種鳥名，方便讀者參閱。

【啄木

古又名：斲木、鴷
今名：啄木鳥

朱粉不須施，花枝小，春偏好，嬌妙近勝衣₂，輕羅紅露垂。
琵琶金畫鳳，雙縧₃重，捲眉低。啄木細聲遲，黃蜂花上飛。
——張先〈醉

【註解】1. 斲：音卓。
　　　　2. 勝衣：能與衣相稱，意爲合身。
　　　　3. 雙縧：兩條絲帶。縧，音洮。

【另見】王千秋〈好事近〉：琵搖啄木欲飛時，經響顫鳴玉。
　　　　姚勉〈賀新涼〉：香塼花行聽啄木，單擁邊、細麝仙人履。

　　本書在編排上，每種宋詞鳥類都以跨頁篇幅介紹，並分爲三大部分：宋詞選介、鳥類小檔案與說明主文（參見下面樣張）。選錄宋詞均爲描寫相關主題鳥類的佼佼之作，並將該種鳥類出現的其他闋詞臚錄羅列於「另見」之下，有興趣的讀者可循線進一步參考。鳥類小檔案以介紹各主題鳥類的形態、習性、覓食、築巢行爲等爲主軸。第三部分的說明主文則深入介紹主題鳥類的特性、在文學上的象徵意義，並引用民俗掌故、其他典籍的相關資料互爲佐證。

　　書末另有附錄四篇，專章介紹某些帶有神話色彩或語焉不詳的鳥種，如比翼鳥；或是名聲響亮卻未見於宋詞篇章中的鳥兒，因而另舉宋詩或元詞爲例，如畫眉。

　　除書前目次外，書末另附有鳥類中名索引及英名學名索引，方便讀者迅速檢索。

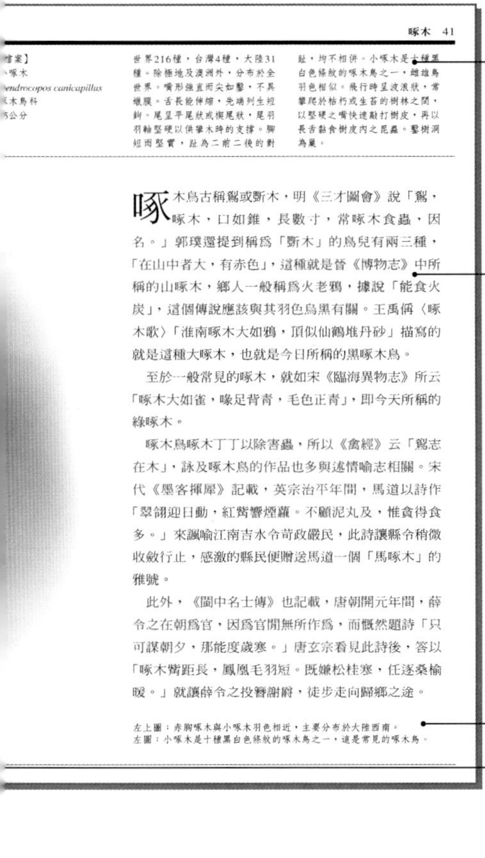

［檔案］
啄木
Dendrocopos canicapillus
䴕形目鴷科
長15公分

啄木　41

世界216種，台灣4種、大陸31種。除棲地及護色外，分佈全世界。嘴形直且而尖如鑿，不具蠟膜。舌長能伸縮，先端有鉤可鉤。尾呈平尾狀或楔尾狀，是可用輪型尾以供攀木時的支撐。腳短而堅實，趾爲二前二後的對趾，均不相併。小啄木是十種黑白色相近的啄木鳥之一，趨緣鳥羽色相似。飛行時呈波狀狀，常驟然於枯朽或主幹的樹株之間，以堅硬之嘴快速鑿打樹皮，再以長舌鉤食樹皮內之昆蟲。繁樹洞爲巢。

啄木鳥古稱鴷或斲木，明《三才圖會》說「鴷，啄木，口如錐，長數寸，常啄木食蟲，因名。」郭璞還提到稱爲「斲木」的鳥兒有兩三種，「在山中者大，有赤色」，這種就是昔《博物志》中所稱的山啄木，鄉人一般稱爲火老鴉，據說「能食火炭」，這個傳說應該與其羽色烏黑有關。王禹偁〈啄木歌〉「淮南啄木大如鴉，頂似仙鶴堆丹砂」描寫的就是這種大啄木，也就是今日所稱的黑啄木鳥。

至於一般常見的啄木，就如宋《臨海異物志》所云「啄木大如雀，啄足背青，毛色正青」，即今天所稱的綠啄木。

啄木鳥啄木丁丁以除害蟲，所以《禽經》云「鴷志在木」，詠及啄木鳥的作品也多與述情喻志相關。宋代《墨客揮犀》記載，英宗治平年間，馬道以詩宦「翠翎迎日動，紅觜響煙蘿。不顧泥太及，惟食得食多。」宋諷喻江南吉水令苛政虐民，此詩讓縣令稍微收斂行止，感激的縣民便贈送馬道一個「馬啄木」的雅號。

此外，《閩中名士傳》也記載，唐朝開元年間，薛令之在朝爲官，因爲官閒無所作爲，而慨然題詩「只可謀朝夕，那能度歲寒。」唐玄宗看見此詩後，答以「啄木觜距長，鳳凰毛羽短。既嫌松桂寒，任逐桑榆暖。」就讓薛令之投劾謝歸，徒步走向歸鄉之途。

左上圖：赤胸啄木與小啄木羽色相近，主要分布於大陸西南。
左圖：小啄木是十種黑白色相似斑紋的啄木鳥之一，這是常見的啄木鳥。

鳥類小檔案
詳附主題鳥類的學名、科別，並深入介紹其形態特徵、習性、棲息地及覓食或築巢習慣。

說明主文
闡述主題鳥類的特色、傳說、典故以及在文學上的象徵意義，並旁徵其他典籍或研究資料以爲佐證。

圖說
插圖均有說明，使說明主文更爲清楚明白。

主圖
精心選用的主圖均爲鳥類小檔案選介的鳥種，讀者可以圖文對照，增進了解。

【山雞

古又名：野雞、山雉、介鳥、
　　　　迦頻闍羅等
今名：帝雉、藍腹鷳等

寶犀未解心先透₁，惱殺人、遠山₂微皺，意淡言疏情最厚，

枉教作、著行官柳。小雨勒花₃時候，抱琵琶、為誰清瘦。

翡翠金籠思珍偶，忽拚與、山雞僝僽₄。

　　　　　　　　　　　———黃庭堅〈鼓笛令〉

【註解】1. 寶犀句：古人以犀角有白紋貫通者具靈性而珍貴之，用爲心有靈犀。
　　　　2. 遠山：美眉代稱。
　　　　3. 勒花：抑制花開。
　　　　4. 僝僽：僝僽音蟬宙，排遣。

【另見】張孝祥〈西江月〉：有距公雞快鬥，尾長山雉臬雄。

【鳥類小檔案】
名：帝雉
　　Syrmaticus mikado
別：雉科
長：雄85公分；雌50公分

世界155種，台灣7種，大陸62種，除極地外，分布全世界。帝雉眼周裸膚鮮紅色，嘴淡褐，腳綠褐，雄鳥全身藍紫色，泛光澤，羽緣黑褐色，羽端白色，形成兩條明顯的白翼帶，下身近黑藍，黑長尾羽上具多條白橫帶。

雌鳥全身橄褐色，背有白羽軸，胸腹有黑斑與白箭斑，栗褐色短尾羽上有黑色橫斑。棲息於中高海拔的闊葉林與混合林內，雜食性，築巢於地面，是台灣特有種留鳥。

詩詞當中，常提到山雞喜歡對鏡而舞，例如晁補之「山雞見鏡猶能舞」句，至於山雞的羽色，陸游寫到「錦膺繡羽名山雞」，歐陽修的〈金雞〉則是專篇吟詠。山雞喜歡在茅草中行動，王安石〈山雞〉說「山雞照淥水，自愛一何愚。文采為世用，適足累形軀。」以珍禽受禁於籠，就像才士受拘來巧喻。山雞也常被當成是傳說中神鳥鳳凰的化身，古代幽人處士有「翦翅養山雞」的雅興。

山雞為雉科鳥類，相對於雞（見76-77頁）來說，雉在詩詞中較少言及，因為「雉」字在古代是城牆的度量單位，加上為了避漢高祖皇后呂雉等人的名諱，自然不常使用。雉以體型大小與羽色不同來區分，許慎《說文》說山雞共有十四種之多。唐詩所詠「冉冉山雞紅尾長」應是指金雞一類；《莊子》所載「十步一啄，百步一飲」的澤雉，則成了道家人物的象徵。

山雉具有五色毛羽，別稱「華蟲」。明清時多取雉尾之長者為舟車上的裝飾，除了取其五色美觀外，還用以象徵動作快速。

山雞因為體型較大、肉質鮮美，且飛行能力不強，棲息於山林間，往往成為古人獵食的對象。為了捕捉這種生性隱秘而少飛動的野雉，一般都是以雉媒誘引捕捉。所謂「雉媒」，就是指從小馴養的野雉幼雛，長大後不畏人，可置於郊野以引來野雉。

左上圖：藍腹鷴出現於中低海拔，生性隱秘與機警，台灣特有種留鳥。
左圖：帝雉是中高海拔的山雞，不易於平原處遇見。

【孔雀

古又名：孔家禽、文禽
今名：孔雀

柳梢無雪受風吹，綠垂垂$_1$。乳鴉啼，直下蒲萄，春水未平堤。

卻似今年春氣早，白團扇，已相宜。

紅巾當日鳥銜飛。曲江湄，暮春時。孔雀麒麟，交㲯$_2$繡羅衣。

何似野堂陪勝客$_3$，花影外，竹陰移。

———— 王質〈江城子〉

【註解】1.綠垂垂：漸漸轉綠。
　　　　2.交㲯：㲯，音促；交㲯，用金絲銀線交織刺繡。
　　　　3.勝客：嘉賓。

【另見】史浩〈鷓鴣天〉：孔雀雙飛敧畫屏，錦花裀上舞娉婷。
　　　　史浩〈滿庭芳〉：最好芙蓉繡褥，交輝敧、孔雀金屏。
　　　　張樞〈木蘭花慢〉：金冷紅條孔雀，翠間綵結鴛鴦。
　　　　無名氏〈水調歌頭〉：屏開金孔雀，褥隱繡芙蓉。
　　　　無名氏〈千秋歲〉：龜鶴年相敵，孔雀屏開側。喜與壽，俱逢吉。

【鳥類小檔案】
名：綠孔雀
　　Pavo muticus
別：雉科
長：雄213公分；雌85公分

世界155種，台灣7種，大陸62種。綠孔雀羽色豔麗，雄鳥羽色大致為翠藍綠色，具金屬光澤，頭頂有一翠綠色冠羽，約有150根尾上覆羽，由紫、藍、黃、紅等多種顏色構成眼狀斑，尾羽隱於尾屏之下，雄鳥會開屏求偶，同時振動翅膀。雌鳥羽色較不鮮豔，而且無尾屏。多在近溪流處的密林空地活動。為雲南等地稀有留鳥，因人類獵取尾屏及食用而數量遽減。

遠在周成王時，就有邊疆民族上貢孔雀尾羽。漢文帝時，也有獻孔雀者。〈九歌〉即載孔雀尾羽為神明之飾；魏文帝也曾下詔以于闐所獻的孔雀尾羽萬枚製成金根車蓋。可見其華麗與高貴，早為古人所重。據傳晉時西域所獻孔雀能通解人語，彈指應聲起舞。凡歌伎能跳孔雀舞者，便常以孔雀代稱。

唐詩詠頌孔雀時也多聚焦於尾羽之上，例如杜甫「屏開金孔雀」與李商隱「金錢饒孔雀」等。到了宋詞，仍不改此基調，描寫的大抵都是孔雀開屏的壯觀景象，例如史浩「交輝敞、孔雀金屏」及無名氏「屏開金孔雀」等。

《舊唐書·后妃傳》記載唐高祖穆皇后待字閨中時，父母為她尋婿的方法是在左右門屏上各畫一隻孔雀，凡能射中孔雀眼睛者就能與佳人締結良緣。發跡前的李淵箭不虛發，在數千人中脫穎而出，一時傳為美談。因為這個典故，後人也喜歡在門屏上畫孔雀，以為吉兆，正如無名氏所云「龜鶴年相敵，孔雀屏開側。喜與壽，俱逢吉。」至今南越人及客家人還會將孔雀尾羽掛在兩側門楣為飾，或許就是源自於此。

宋人淨端在詠及孔雀時，明顯受到佛教盛行的影響：「白鶴孔雀鸚鵡噪，彌陀接引毫光照。」佛經中記載菩薩曾化身為孔雀，為普天生民及禽獸治病延壽，孔雀遂被視為以神藥慈心布施眾生的天醫。

左上圖：雄孔雀豎起的翠綠色冠羽，風采常為顏色多變的尾屏所掩蓋。
左圖：野生孔雀上樹的鏡頭，是野外很難得的景象。

【玄鶴

古又名：胎禽、元鶴等
今名：岩鷺

倚窗閒嗅梅花，霜風入袖寒初透。吾年如此，年年十月，見梅如舊。

白髮青衫，蒼頭玄鶴，花前尊酒。問梅花與我，是誰瘦絕，正風雨、年時候

不怕參橫月落，怕人生、芳盟難又₁。高樓何處，寒英吹落，玉龍₂休奏。

前日花魁₃，後來羹鼎₄，總歸巖岫。但逋仙₅流落，詩香留與，孤山同壽。

─────何夢桂〈水龍

【註解】1. 難又：難再。
　　　　2. 玉龍：竹笛的美稱。
　　　　3. 花魁：原指群花之首梅花，此處是喻指流連花前月下。
　　　　4. 羹鼎：在朝為官的代稱。
　　　　5. 逋仙：逋，讀為補之平聲；逋仙指宋人林和靖，以梅為
　　　　　　妻，以鶴為子，有詠梅名句。

【另見】尹公遠〈尉遲盃〉：遲瓊樓、五色簾開，喚醒玄鶴飛舞。

【鳥類小檔案】
名：岩鷺（黑色型）
　　Egretta sacra
別：鷺科
長：58公分

世界60種，台灣20種，大陸22種。岩鷺是少數棲息在海岸的鷺科鳥類，有白色及黑色兩型，本處指黑色型岩鷺為主。嘴較厚而微曲，全身羽色灰黑，只有喉部白色，腿偏綠偏短，腳爪黃色。繁殖季嘴色偏黃，頭背都有飾羽。主要於沿海岩岸活動，或在水邊捕食，或在岩石與懸崖上休息。築巢於岩岸峭壁下的岩架或岩縫中。偶爾會移動到遠內陸而棲息於樹上，古人誤以為是經過漫長歲月才由純白轉成玄黑，並混同鶴、鷺的習性。

據《本草》云「鶴有玄有黃，有白有蒼。蒼者，今人謂之赤頰；玄則鶴之老者，百六十年則有純白純黑之異。」《三才圖會》說「雷山有玄鶴者，粹黑如漆，其壽滿三百六十歲，則色純黑，王者有音樂之節，則至。」晉崔豹《古今注》也說「鶴千歲則變蒼，又二千歲則變黑，所謂玄鶴也。」由此可知，古人認為玄鶴為鶴之老者，以玄鶴為長壽象徵。

其實，這是因為古人常將鶴、鷺、鸛（分見98-99、114-115、120-121頁）三類相近的水禽混同，而將岩鷺這種通體黑色的鳥類，誤認為是鶴鳥長壽的表現。這種稀有的候鳥，多在海岸覓食及活動，不易為人所觀察，因而增加了牠的神秘色彩，加上此種鳥有純白與純黑兩型，正好又符合古人所說的純白的白鶴與純黑的玄鶴之說。

古人眼中神秘的玄鶴，與修道成仙的神仙之說也關係密切，例如李中「玄鶴傳仙拜」及施肩吾「近聞教得玄鶴舞」等，都將玄鶴當成了「仙禽」。詩人眼中的玄鶴，則是舞姿曼妙空靈，例如唐代陳子昂「低昂玄鶴舞」、常建「玄鶴下澄空，翩翩舞松林」；到了宋代，范成大遊山後寫出「玄鶴舞幽谷」，蘇軾描寫玄鶴在樹上跳舞的情景：「仰看桄榔樹，玄鶴舞長翮」。蘇轍的「山空玄鶴悲」，則以玄鶴來描寫景物依舊而人事全非。

左上圖：黑色型岩鷺說明了花鳥畫中為何丹鶴與玄鶴會樹棲的原因。
左圖：黑色型岩鷺通身玄黑，古人以為是長壽的白鶴所變成。

【玉燕

古又名：白燕、天女、神女
今名：白家燕

水亭花上三更月，扇與人閒，弄影闌干，

玉燕重抽攏墜簪₁。

心期偷卜新蓮子₂，秋入眉山，翠破紅殘，

半簟湘波₃生曉寒。

————吳文英〈采桑子〉

【註解】1. 玉燕句：整理髮飾儀容，將燕釵重插。
　　　　2. 心期句：蓮子，指愛慕的人。全句指心裡默數新歡的歸期。
　　　　3. 半簟湘波：簟，音電，原爲竹席，此指竹枕；湘波，淚水，
　　　　　取大禹二妃哭於湘江之典故。半簟湘波是說竹枕上半是夢醒
　　　　　的淚痕。

【另見】毛滂〈青玉案〉：相思不用寬釧金，也不用、多情似玉燕。
　　　　周邦彥〈望江南〉：寶髻玲瓏欹玉燕，繡巾柔膩掩香羅。
　　　　鄭楷〈訴衷情〉：奮玉燕，套金蟬，負華年。
　　　　陳允平〈滿路花〉：釵分玉燕，寸寸回腸折。

【鳥類小檔案】

名：白燕（家燕白子）
　　Hirundo rustica

別：燕科

長：20公分

世界89種，台灣7種，大陸12種，分布於世界各地。燕科鳥類體形小，翅狹長，尾多呈叉狀，飛行輕捷，體羽以黑褐色為主，常具金屬光澤，雌雄鳥羽色相似，主要棲息於岩崖、建築物、電線等處，靠飛行捕食昆蟲，是著名食蟲益鳥，在岩崖或建築物以泥丸砌巢。圖中的白燕是家燕的白子，乃基因突變的產物，因為機率小，相當罕見，且白為吉祥色，所以古人多以白燕等白鳥為神瑞。

玉燕指通體白色的燕子，唐詩中已見「白燕」一詞。例如權德輿「白燕瑞書頻」及劉言史「當時白燕無尋處，今日雲鬟見玉釵」等，前者寫出白燕具有祥瑞的象徵，後者沿用了玉釵白燕的傳說，二者都成為宋詞的描寫主流。

白燕具祥瑞意涵，源於漢代《京房易傳》之說：「人見白燕，主生貴女，故燕名天女。」李時珍也引用《抱朴子》之說，謂千歲之燕的羽色變白，服食一隻就能延長五百歲世壽，因此特稱為「肉芝」。

《開元天寶遺事》記載唐詩人張說出生前，其母夜夢玉燕自東飛來，投入張母之懷，不久便受孕而產下張說，後來官拜丞相，封燕國公。《宣城記》也說，紀昌睦出生之初，有白燕一雙在家中出現，代表其出身清白，也預示日後官運亨通。因此，後世多以玉燕投懷代表「至貴之祥」，如張元幹「投懷玉燕」、嚴仁「當日投懷驚玉燕」等，都是祝壽祈官之作。

不過，後來「玉燕」一詞則多用於形容女性，這是受了以下傳說的影響。漢《洞冥記》說漢時有神女留贈玉釵給武帝，武帝轉賜給趙婕妤，後來玉釵化作白燕昇天而去，宮人多仿作此釵，名為「玉燕釵」，以祈吉祥。梁《西京雜記》也說元后還未發跡前，有白燕送來大如姆指的白石，石上刻有「母天地」三字，後來元后獲選為皇后，可見白燕具報喜之吉兆。

左上圖：白燕因為罕見，加上古人以白色為吉祥色，遂成為祥瑞徵兆。
左圖：白燕（亞成鳥）是家燕白子，為基因突變所致，曾在桃園現身。

【百舌】

古又名：春鳥、望春、喚
　　　　喚春、舍羅
今名：烏鶇等

手種堂前桃李，無限綠陰青子$_1$。簾外百舌兒，驚起五更$_2$春睡。

居士$_3$，居士，莫忘小橋流水$_4$。

　　　　　　　———蘇軾〈如夢令〉

【註解】1. 手種句：本篇寫春思，前兩句出自杜牧〈歎花〉
　　　　「綠葉成陰子滿枝」。
　　　2. 五更：凌晨五點左右，天亮時。
　　　3. 居士：在家修行者或未出仕的知識分子。
　　　4. 小橋流水：庭園美景。

【另見】吳泳〈魚游春水〉：東里韶光早，百舌枝頭啼破了。
　　　　吳潛〈天仙子〉：百舌搬春已透，長驛短亭芳草畫。
　　　　辛棄疾〈祝英臺近〉：百舌聲中，喚起海棠睡。
　　　　俞克成〈蝶戀花〉：百舌無端，故作枝頭鬧。
　　　　彭元遜〈瑞鶴鴣〉：背人西去一鶯啼，拍手還驚百舌飛。
　　　　趙師俠〈柳梢青〉：深林百舌關關，更雨洗、桃紅未乾。
　　　　劉過〈滿江紅〉：有黃鸝、百舌囀新聲，垂楊舞。
　　　　蘇軾〈望江南〉：微雨過，何處不催耕，百舌無言桃李盡，柘林深處鵓鴣鳴。

【鳥類小檔案】
名：烏鶇
　　Turdus merula
別：鶇科
長：29公分

世界315種，台灣36種，大陸90種。遍布世界各地，大多棲身陸地，善於奔走。烏鶇是較瘦長的鶇亞科鳥類，雌雄異色，雄鳥全黑，黃嘴黑腳，雌鳥上體黑褐，下身深褐，嘴色帶黑。常見於大陸各林地、公園。單獨或小群靜靜地在地面活動，在樹葉間翻尋無脊椎動物等為食，冬季也吃果實。行走時頭向前平伸，快速移步，急停觀察，頭位復原，築巢於樹椏間。鳴聲婉轉甜美，善於效鳴。

百舌一名多見於古代典籍中，如《益部方物記》說百舌「一啼百囀，可籠而畜，為世嘉玩，蜀人多畜養。鳥性亦矜鬥，至死不解。」漢《易緯通卦驗》則說「百舌者，反舌鳥也，能反覆其口，隨百鳥之音。」指出這是種可以籠養、聲音婉轉，善於仿效其他鳥類鳴聲的鳴禽，因此才有「百舌」之名。

仿鳴與擅鬥似乎是畫眉科鳥類的特質，難怪歐陽修〈畫眉鳥〉詩（見126-127頁），一題〈郡齋聞百舌〉。可見有些詩詞所吟詠的百舌可能是畫眉科鳥類的泛稱。但是若就梁朝沈約〈反舌〉詩「幸蒙喬樹恩，得以聞高殿」及劉孝綽〈詠百舌詩〉「遷喬聲迴出，赴谷響幽深」所寫，百舌正如陳藏器所說，是出谷遷喬的鶯鳥（見32-33頁）。陸游〈晝臥聞百舌〉詩「閉眼不作華胥計，說與春鳥自在啼」，並自注云「江南謂百舌為春鳥。」明確指出這是酷似烏鴉而歌喉美妙的烏鶇。後人多據此說，認為百舌即現今所稱的烏鶇。

陸游的說法，與李時珍形容百舌「處處有之，居樹孔窟穴中，狀如鴝鵒而小，身略長，灰黑色微有斑點，喙亦灰黑，行則頭俯，好食蚯蚓」的特點相符，也印證了《周書》所云「說者以為諸黑色有羽翼者，胡越燕、百舌鳥之類」，以及梅堯臣詩說百舌「蒼毛無文章」等描寫。李時珍另指出百舌鳥氣味極臭，所以又稱為牛屎捌哥。

左上圖：百舌是少數在地上活動而鳴聲動人的鳥兒。
左圖：羽色普通的百舌在詩文中因鳴聲悅耳而聲名大噪。

【百勞

古又名：鵙鴃[1]、伯趙、
　　　　百鷯、鶪[2]
今名：伯勞

風柳搖絲花纏枝，滿目韶輝[3]。

離鴻過盡百勞飛。都不似、燕來歸。

舊來王謝堂前地，情分獨依依。

畫梁雕拱啓朱扉。看雙舞、羽人衣[4]。

　　　　　　　　———張孝祥〈燕歸梁〉

【註解】1. 鵙鴃：音啼決。
　　　　2. 鶪：音菊或決。
　　　　3. 韶輝：春光。
　　　　4. 看雙舞，羽人衣：霓裳羽衣舞一類的舞蹈。

【另見】辛棄疾〈賀新郎〉：綠樹聽鵜鴃。更那堪、鷓鴣聲住，杜鵑聲切。

鳥類小檔案】
名：紅尾伯勞
　　Lanius cristatus
別：伯勞科
長：20公分

世界70種，台灣5種，大陸12種。嘴粗短有力，先端下鉤，頭大尾長，腳強爪利，有雀類中的猛禽之稱。紅尾伯勞有寬闊的黑色過眼線，額頂灰色，喉白，上身淡褐，下身皮黃色。在台灣為秋候鳥，大陸為常見的夏候鳥。

棕背伯勞則是兩地的留鳥，主要棲息於草叢、樹林地帶之突出物上，以定點捕食昆蟲及小型動物為主，有掛食的行為，通常單獨活動，築巢於低枝上，是台灣特有亞種留鳥。

百勞一作伯勞，古人視為賊害之鳥，漢代時養伯勞鳥就與「養賊」無異。如果夢見伯勞，則表示有口舌是非之兆；而伯勞出現則是水患將至等不吉的凶兆。古人眼中的伯勞與鵂鶹（見66-67頁）同是「違天無狀」之鳥，不過李時珍指這種說法只是「好事者附會之言」。

在鳥類意象的使用當中，一般會把「鵜鴃」當成是杜鵑（見24-25頁）的別稱，不過辛棄疾〈賀新郎〉「綠樹聽鵜鴃，更那堪、鷓鴣聲住，杜鵑聲切。」因為同時出現鵜鴃與杜鵑，歷來解詞者都將鵜鴃視同伯勞。其實早在屈原〈離騷〉「恐鵜鴃之先鳴兮，使百草為之不芳」中，就已將鵜鴃解作杜鵑或伯勞，「其聲鵜鴃，故以音名也。」顯然辛棄疾是選擇了後者。杜鵑與伯勞在大陸都是夏候鳥，不過伯勞除了偶爾因受驚而鳴叫外，甚少像杜鵑一樣鳴啼不停。所以通常詩詞中所寫鳴啼不停的鵜鴃都是指杜鵑而言。

不過，蘇軾「忽聞啼鵜驚羈旅」、黃庭堅「伯勞饒舌世不問」、王安石「想映江春聽伯勞」等詩句描寫的卻是伯勞鳴聲，因此有可能是將杜鵑誤為伯勞。

樂府古詩有「東飛伯勞西飛燕」句，即成語「勞燕分飛」的出處，描寫的是春燕與伯勞交錯出現。范成大詩「伯勞東去燕西飛，同寄春風二月時」及賀鑄「傳語端能否，伯勞飛自東」等，即描寫此一情景。

左上圖：棕背伯勞是在地的留鳥，與一般候鳥型的伯勞有些不同。
左圖：伯勞會停棲於定點，伺機捕食，此為紅尾伯勞。

【杜鵑

古又名：杜宇、思歸鳥、
　　　　冤禽、蜀魂、子規
今名：杜鵑

樓上晴天碧四垂₁，樓前芳草接天涯。勸君莫上最高梯！

新筍已成堂下竹，落花都上燕巢泥。忍聽林表₂杜鵑啼？

——————周邦彥〈浣溪沙〉

【註解】1. 四垂：四邊，到處之意。
　　　　2. 林表：林緣地帶。

【另見】仇遠〈八拍蠻〉：幾處杜鵑啼暮雨，來禽空老一春花。
　　　　文天祥〈酹江月〉：故人應念，杜鵑枝上殘月。
　　　　朱淑真〈阿那曲〉：薄衾無奈五更寒，杜鵑叫落西樓月。
　　　　汪元量〈滿江紅〉：蝴蝶夢中千種恨，杜鵑聲裡三更月。
　　　　辛棄疾〈定風波〉：百紫千紅過了春，杜鵑聲苦不堪聞。
　　　　辛棄疾〈滿江紅〉：蝴蝶不傳千里夢，子規叫斷三更月。
　　　　辛棄疾〈新荷葉〉：人已歸來，杜鵑欲勸誰歸。
　　　　周紫芝〈憶王孫〉：杜鵑只解怨殘春，也不管、人煩惱。
　　　　秦觀〈踏莎行〉：可堪孤館閉春寒，杜鵑聲裡斜陽暮。
　　　　張炎〈高陽臺〉：莫開簾，怕見飛花，怕聽啼鵑。
　　　　張炎〈憶舊遊〉：縱忘卻歸期，千山未必無啼鵑。
　　　　陳人傑〈沁園春〉：為問杜鵑，抵死催歸，汝胡不歸？
　　　　賀鑄〈子夜歌〉：三更月，中庭恰照梨花雪，梨花雪，不勝淒斷，杜鵑啼血。
　　　　賀鑄〈攤破浣溪沙〉：多謝子規啼勸我，不如歸。
　　　　劉克莊〈滿江紅〉：對殘紅滿院杜鵑啼，添愁寂。
　　　　劉辰翁〈虞美人〉：客中自被啼鵑惱，況落春歸道，滿懷憔悴有誰知？
　　　　向子諲〈生查子〉：春心如杜鵑，日夜思歸切。啼盡一川花，愁落千山月。

【鳥類小檔案】
名：中杜鵑
　　Cuculus saturatus
別：杜鵑科
長：26公分

世界136種，台灣11種，大陸19種，許多杜鵑科鳥因羽色相近而難以分辨。中杜鵑又稱筒鳥，上半身鼠灰色，眼褐色，下胸至尾下覆羽灰白色，有黑色條斑，下頸略帶褐色，雌雄同色。主要棲息在平地至丘陵的林緣中上層。

本身不築巢，不育雛，而托卵於其他鶯亞科等小型鳥類的巢中，卵色與卵形會隨寄主不同而變異。以小型動物為食，通常單獨或成雙活動，鳴聲單調，常發出「不不——不不」，以及「公孫」之聲。

杜鵑又名杜宇，傳說杜宇即楚國望帝，晚年帝位為臣下鱉靈所篡而逃往山中，日夜思圖復位不果，最後鬱鬱以終，當時正好是杜鵑活動的季節，百姓聞見杜鵑而思念望帝，認為杜宇已化為「冤禽」。

《說文》以杜鵑是望帝所化，所以當杜鵑生子而托卵於百鳥之巢時，百鳥會代為哺雛，就像君臣一般。這樣的觀察在杜甫的詩中多所反映，只是到了宋詞則多以春愁鄉思與啼血夜鳴為描寫主調。杜鵑的鄉愁象徵，與牠的鳴聲狀若「不如歸去」有關，這種象徵意涵到了宋代才普遍運用。杜鵑屬於候鳥，出現於暮春三月之際，顏師古云「杜鵑，常以立夏鳴，鳴則眾芳皆歇。」因此聽到杜鵑啼鳴即代表春天即將結束，而讓詩人萌生無限春愁，更移情擔憂自己的青春一去不回。其中以秦觀「可堪孤館閉春寒，杜鵑聲裡斜陽暮」結合了聲音與節候，最具代表。

明《留青日札》云：「子規，人但知其為催春歸去之鳥，蓋因其聲曰歸去了，故又名思歸鳥；不知亦為先春而鳴之鳥。」有些詩人遂將杜鵑解讀為帶來春色的鳥兒，只是這樣的觀點，在中國詩歌中畢竟少見，較著名者為唐代李商隱〈錦瑟〉「望帝春心托杜鵑」。

由於民間有「杜鵑啼血」的誤解，而認為杜鵑為不祥之鳥，其實李時珍指出這種鳥是提醒農事的催耕鳥，而且還是能為農民啄食蟲蠹的益鳥。

左上圖：杜鵑啼血源自於對杜鵑紅口腔的聯想。
左圖：「千山響杜鵑」的意象約略是這般情景。

【姑惡

古又名：苦鳥、苦惡鳥、
　　　　苦苦

今名：白腹秧雞

簾捲東風，□林外、鳥啼姑惡。政迤邐₁、花梢紅綻，柳梢黃著。

散策丘園容懶□，折衝樽俎₂須雄略。但有書盈屋酒盈缸，還堪樂。

嗟每被，浮雲縛。黃粱夢，新來覺。悄衹愁湖海，故交遼邈。

一紙素書來問我，數峰蒼玉何如昨。

更幾時、夜雨落簷花，同春酌。

—————李壁〈滿江紅〉

【註解】1. 政迤邐：政，正是；迤邐，音以里，曲折連綿貌。
　　　　2. 折衝樽俎：樽俎，音尊組，宴飲時盛酒食之器具；
　　　　　　全句泛指盟會上的外交談判。

【鳥類小檔案】
名：白腹秧雞
　　　Amaurornis phoenicurus
別：秧雞科
長：28公分

世界133種，台灣11種，大陸20種。白腹秧雞羽色以深青灰色與白色為主，頭頂及上體灰色，下腹及尾下覆羽棕紅色，其餘白色。嘴偏綠，嘴基紅色，黃腳。單獨或三兩成群出現於湖邊、河灘、紅樹林或近水的草叢覓食，行走時伸縮頭部，翹動短尾，性機警，遇危時隱匿草叢或奔跑涉水，游渡對岸。不善飛行，築巢水邊灌叢中，是較為常見的秧雞。晨昏及雨後喜鳴，鳴聲在古代被擬聲為「姑惡」。

姑惡，一名苦鳥或苦苦，這是由鳴聲擬音而成，民間相傳有媳婦受婆婆虐待而死，化為姑惡鳥，每天啼叫「姑惡」之聲來申訴冤屈。姑惡雖然是冤鳥，但因為揭露婆媳問題而為民間所厭惡。

有關姑惡之詩，唐代並無相關描寫，到了宋代才興起，較之宋詞，宋詩的著墨更多。范成大在創作〈姑惡詩〉時，對這種鳥類的傳說與特點做了詳細交待。范成大在行經江南時，聽到這種江南水禽早晚哀鳴不停。有位友人討厭牠的鳴聲，埋怨說化身為姑惡的媳婦一定不是孝順的好媳婦，范成大感此而作，詩云「姑惡婦所云，恐是婦偏辭。姑言婦惡定有之，婦言姑惡未可知。姑不惡，婦不死，與人作婦亦大難，已死人言尚如此。」內容寫到有人說姑惡鳥所鳴的冤屈都是媳婦片面之辭，范成大感歎遭虐冤死化為姑惡鳥的媳婦，死後還要遭人懷疑，可見媳婦真是難為！

蘇軾也曾作〈禽言〉詩來詠及姑惡鳥，他以反寫的句法吶喊其實「姑不惡」，要怪就怪「妾命薄」，這樣的描寫更突顯了好媳婦到死都還毫無怨尤，難怪說這是「詩成泣鬼神」的佳篇，這樣一來，更使這種鳥成為好媳婦的化身。

其後，陸游等人也寫下在水邊叢下聽到姑惡鳥鳴聲的詩歌，並認為牠們就是因為不能生男而為婆婆所厭棄的婦女化身。

左上圖：白腹秧雞也與水雞一樣喜歡涉水或渡水到對岸覓食。
左圖：白腹秧雞的鳴聲在古代被擬聲為「姑惡」。

【怪鳥

古又名：九頭鳥、鬼車、
　　　　鶬鴰1、九羅
今名：鬼鳥、貓頭鷹

甚矣君狂矣2，想胸中、些兒磊魂，酒澆不去。

據我看來何所似，一似韓家五鬼3。又一似，楊家風子4。

怪鳥啾啾鳴未了，被天公、捉在樊籠裡。這一錯，鐵難鑄5。

濯溪雨漲荆溪水6。送君歸、斬蛟橋7外，水光清處。

世上恨無樓百尺8，裝著許多俊氣。做弄得、栖栖如此9。

臨別贈言朋友事，有殷勤、六字君聽取。節飲食，慎言語。

————蔣捷〈賀新郎〉

【註解】1. 鶬鴰：音倉瓜。

2. 甚矣句：本篇為鄉士因狂獲罪而離鄉之作。

3. 韓家五鬼：韓愈〈送窮文〉把智、學、文、命、
交等五窮稱為五鬼。

4. 楊家風子：五代時楊凝式隱智求生，裝瘋賣傻，
故稱楊家瘋子。

5. 這一錯，鐵難鑄：原指連鐵也難鑄成錯刀，此借
喻鑄成大錯難挽回。

6. 濯溪句：指濯溪水匯入荆溪。

7. 斬蛟橋：即荆溪橋，據傳為周處斬蛟除害之處。

8. 樓百尺：喻指賢士居所。

9. 栖栖句：栖，音棲，不安貌。全句謂這樣汲汲營
營的奔波。

【鳥類小檔案】
名：鳥林鴞
　　Strix nebulosa
別：鴟鴞科
長：65公分

世界194種，台灣11種，大陸28種。鳥林鴞是大型的鴟鴞，羽色全灰，無耳羽簇，面盤具有獨特的深淺色同心圓，像極了多層臉皮，黃眼內緣各有C型白紋，中喉黑色，兩旁白領線延伸成面盤底線。上下身都有濃重的深褐色縱紋。兩翼及尾具灰色及深褐色橫斑。棲息於針葉林及混生林或落葉林，性沉靜而具攻擊性，是大陸稀有留鳥。雌雄羽色相近，雌體稍大。生活於中、高海拔的密林林緣與灌木叢，晨昏活動頻繁，肉食性。

古籍中有一種「九頭鳥」，唐人楊義方〈題九頭鳥〉詩及宋歐陽修〈鬼車〉詩，形容這種怪鳥原來是「十頭有十口」，會「夜載百鬼凌空遊」，自從「狗齧一頭落，斷頸至今青血流」，因此剩下九頭。小說家則說周公居東周之時，惡聞此鳥啼聲，因此命庭氏射去一頭，流血不止，至今仍餘九頭。楚地傳說這種鳥是「鬼車載鬼遊」，因此牠一現身，「小兒藏頭婦滅火」，著實嚇人。

　　在歷來的記載當中，不管是說牠每頸有一頭雙翼，或說牠「如巨鱉而肉翅，一首在前，八首分列兩旁。一首啄食，八首競奪，故時流血」等，純粹是附會之說。其實，依據鳥類學的觀點，鴟鴞是少數具有面盤的鳥類，可以正視前方，有些種類的頭後方還有假眼的羽飾。由於頭部能左右各作一百八十度轉動，幾乎等於三百六十度的旋轉範圍，這種特有的旋轉幅度，使牠的視野相當廣闊（只剩正後方還有不能轉過的死角），這也是古人誤以為牠們有九頭的原因。

　　至於說牠喜愛飛入人家中，攝人之魂魄，或是滴血在某家，則此家會有凶咎，都是承襲自鴟鴞（見66-67、72-73頁）一貫的不祥形象。事實上，所謂怪鳥「滴血不止」是因為鴟鴞科的鳥類嗜食老鼠等小型哺乳類，所以嘴角多會殘留獵食後所沾染的血絲。

左上圖：鵂鶹頭部背後有一對類似眼睛的假眼黑斑，這是讓人誤以為鴟鴞有多個頭部的原因之一。
左圖：鳥林鴞的鳥黑身影，加上特大的恐怖面盤，容易使人有死神降臨的錯覺。

【星鳥

古又名：赤雀、朱鳥、朱衣
今名：紅山椒鳥

春早不知春，春晚又還無味，

一點日中星鳥，想堯民如醉₁。

不寒不暖杏花天，花到半開處。

正是太平風景，為人間留住。

————汪莘〈好事近〉

【註解】1. 想堯民如醉：嚮往與陶醉於當個太平盛世的堯民。

【另見】汪莘〈好事近〉：南山之北北山南，星鳥尚依舊。

【鳥類小檔案】
名：灰喉山椒鳥
　　Pericrocotus solaris
別：山椒鳥科
長：17公分

世界74種，台灣4種，大陸10種。分布東半球的熱帶地區。俗稱紅山椒者在大陸約有5種，多具亮紅與黃色，在老樹苔蘚層或枝葉間，以昆蟲爲食，有些也吃果實，鮮少下地覓食。灰喉山椒鳥是大陸南方與台灣的留鳥，出現於低海拔的山區森林中。成對、成群或混群活動於喬木樹冠，晴天起落頻繁，很少久停。雌雄異色，雄紅雌黃，在群體遭遇與飛行時鳴聲會相互呼應，築巢於樹林高枝上。

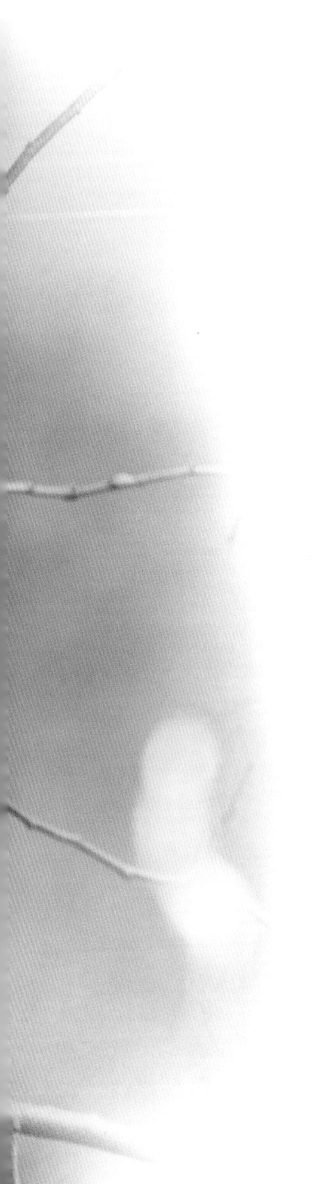

星鳥一名朱鳥，《尙書》有「日中星鳥」句，孔安國認爲就是星宿中所謂的「南方朱鳥」。宋詞中只見星鳥一名，不過詩中則多用朱鳥。

朱鳥又稱朱雀，即所謂四靈（青龍、白虎、玄武、朱雀）之一，掌管南方七宿。杜甫〈八哀詩〉以「千秋滄海南，名繫朱鳥影」來悼念張九齡，曾於詩下注明「南宮赤帝，其精爲朱鳥，乃南方七宿。」

至於朱鳥究竟爲何物，據明《廣博物志》引《廣雅》云「朱鳥，燕也。」宋《夢溪筆談》曾說「唯朱雀莫知何物，但謂鳥而朱者，羽族赤而翔上集，必附木，此火之象也。」沈括以爲朱鳥是取象於色赤黃的丹鶉。此外，《杜陽雜編》記載唐德宗時，南方曾上貢「朱來鳥」，「形有類於戴勝而紅嘴紺尾，尾長如身」，按其形容指的應是紅山椒鳥。

這種渾沌不清的情況，一直要到《清宮鳥譜》問世之後才得以釐清，當時以「花紅燕」一名來稱呼這種神秘的日中星鳥，還進一步描述此鳥具有「背下近尾毛及臆腹俱純紅，膊翅毛兼紅黑二色，長黑尾，紅裡，灰黑足」等特色，並引述說這就是晉《博物志》所謂的朱衣鳥，「形如瓦雀，黑頭黑背，其紅處類丹砂，善鳴，即古之赤鷊也。」由其描述及所附的鳥圖可以明確知道，所謂的日中星鳥或朱鳥，其實就是泛稱紅山椒的灰喉山椒鳥。

左上圖：赤紅山椒鳥在明清的繪畫中，已成爲畫面中不可少的成分。
左圖：火紅的羽色，讓灰喉山椒鳥與太陽傳說結下不解之緣。

【柳鶯

古又名：黃鶯、鶯
今名：黃腰柳鶯等

薄霧輕陰釀₁曉寒，起來宿酒尚酡顏₂。柳鶯何事苦關關。

新恨舊愁俱喚起，當年紫袖₃看弓彎。淚和梅雨兩潸潸₄。

————趙長卿〈浣溪沙〉

【註解】 1. 釀：醞釀，增添。
　　　　2. 酡顏：酡音駝，酡顏指醉紅的臉色。
　　　　3. 紫袖：指在朝爲官。
　　　　4. 潸潸：潸音山，淚流不止的樣子。

【另見】 趙長卿〈一叢花〉：柳鶯啼曉夢初驚，香霧入簾清。
　　　　樓杅〈菩薩蠻〉：絲絲楊柳鶯聲近，晚風吹過鞦韆影。
　　　　張炎〈國香〉：鶯柳煙堤，記未吟青子，曾比紅兒。
　　　　楊澤民〈瑣窗寒〉：柳陰只有黃鶯語，似向人、欲說離愁。

【鳥類小檔案】
名：黃腰柳鶯
　　　Phylloscopus proregulus
別：鶯科
長：9公分

世界447種，台灣30種，大陸101種。大陸30餘種柳鶯中，許多種類都長得很相似而難以肉眼細分，古代更是多加混同。黃腰柳鶯有黃色的粗眉紋與頂紋，嘴細小，背部綠色，有兩道淺色翼斑，下體灰白，臀及尾下覆羽淺黃，是大陸山地與平原常見的候鳥，棲息於針葉林與闊葉林中。春秋遷徙期集中棲息，與其他鳥種混群，繁殖期分散成對。習性與活動於村野園亭、闊葉林與針葉林中的大山雀相似。

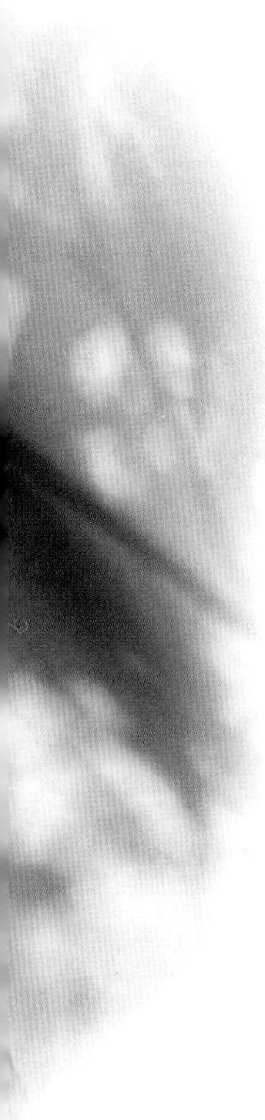

鶯一向是深受詩人青睞的鳥兒，是詩詞中常見的嬌客。其實，所謂的「鶯」是古人對於那些羽色較美且鳴聲婉轉悅耳的小鳥的一種泛稱，至於羽色普通與鳴聲嘰喳的小鳥則泛稱為雀（見44-45頁）。詩詞中提及的鶯，一般指向黃鸝（見48-49頁）。

《詩經・小雅・伐木》云「伐木丁丁，鳥鳴嚶嚶。出自幽谷，遷于喬木。嚶其鳴矣，求其友聲。」由於唐代後，將「嚶鳴求友」解成「鶯鳴求友」，而使詩詞中的鶯鳥多為士人、友朋的化身，還因「出谷遷喬」有步步高升之意，而成為入仕高遷的象徵與祝福語。李商隱〈流鶯〉詩，就借流鶯道出自己希望有朝一日能官拜朝廷。至於這種流鶯的體型，應與元稹所說的「黃鶯正嬌小」相同，才能有「如鶯擲梭」的輕巧身手，在花叢間穿梭，而形成流鶯現象。

出谷喬遷與千里流鶯等都是指柳鶯等鳥類的覓食習慣所形成的現象。以暮春的西湖為例，住在靈隱寺山谷處的大山雀，就會成群地由谷中向西湖移動，這樣的行為與鳥類冬日的遷降行為不同，這是群體覓食時的例行性移棲活動，並不關乎季節性的移棲。

詩詞中最常描寫的便是鶯啼了，大部分的啼鶯季節都在春日，例如劉希夷的「鶯時柳花白」句及孟浩然的「嬌鶯二月初」句。至於杜牧所說的「芳郊啼夏鶯」，應該就是指黃鸝了。

左上圖：大山雀活潑的身影，流竄於山野枝叢之間。
左圖：黃腰柳鶯是今日三十多種柳鶯中較為典型的一種。

古又名：鴉、烏鵲、慈鳥
今名：巨嘴鴉等

砧聲齊，杵聲齊，金井欄₁邊敗葉飛，夜寒烏不栖。

風淒淒，露淒淒，影轉梧桐月已西，花冠₂窗外啼。

───── 黃昇〈長相思〉

【註解】1. 金井欄：有雕欄的井。
　　　　2. 花冠：雞的別稱。

【另見】王之道〈蝶戀花〉：黑白斑斑鴉間鷺，明窗淨几誰知處。
　　　　向子諲〈清平樂〉：雲無天淨，明月端如鏡，烏鵲遠枝棲未穩。
　　　　辛棄疾〈鷓鴣天〉：最憐烏鵲南飛句，不解風流見二喬。
　　　　周邦彥〈蝶戀花〉：月皎驚烏栖不定，更漏將殘，轆轆牽金井。
　　　　洪容齋〈鷓鴣天〉：門前驟馬權奇種，臺上慈烏反哺心。
　　　　晏幾道〈蝶戀花〉：一曲啼烏心欲亂，紅顏暗與流年換。
　　　　曾原郕〈八聲甘州〉：丹泉冷，崖鐘絕響，夕照啼烏。
　　　　劉克莊〈水調歌頭〉：林間烏鵲相賀，暫得一枝安。
　　　　謝枋得〈沁園春〉：麥飯紙錢，隻雞斗酒，幾誤林間噪喜鴉。
　　　　謝懋〈鵲橋仙〉：明朝烏鵲到人間，試說向、青樓薄倖。

【鳥類小檔案】
名：巨嘴鴉
　　　Corvus macrorhynchos
別：鴉科
長：50公分

世界120種，台灣11種，大陸30種，幾乎遍及世界各大洲，大多為留鳥。巨嘴鴉全身的黑羽在陽光下會泛光澤，因嘴粗厚而得名，鳴聲粗啞，是大陸常見的留鳥，雌雄羽色相同。喜群居，有時與喜鵲等其他鴉科混群，在地面緩步覓食或在樹啄食，屬雜食性鳥類。性機警，遇險驚叫，哄散遠飛，飛行緩慢，邊飛邊鳴，鳴聲噪雜，停棲前常盤繞回翔，築巢樹上。

民間傳統一直認為烏鴉是不祥的鳥類，然而明代的《稗史彙編》看法就大異其趣，認為烏鴉是「禽鳥得先氣者也，凡噪聚處則旺而興。」說烏鴉群集之處，就像百鳥來朝一樣，會讓主人興旺。

詩詞常烏鵲並提，此習慣應該源於《爾雅》「烏，鵲醜」一說，可見古代將烏鵲視為同類，而且早在曹操〈短歌行〉「月明星稀，烏鵲南飛」之時，烏鵲就已混用，到了宋王炎的〈臨江仙〉「繞簷烏鵲喜」及洪适〈卜算子〉「烏鵲巡簷喜」仍是如此。

在中國民間，烏鴉一直帶有濃厚的神秘色彩，古人還特別編寫〈鴉經〉以占卜吉凶。戰國時期著名的軍事家及兵法家孫武還提及「觀烏起而知伏，視烏集而知遁」，藉由觀察鴉群的聚散來判斷軍事形勢。在民俗上，巴陵一帶的婦女，除夕時會在烏鴉的頸子綁上彩帶放飛，以察其方位與吉凶，或是占卜陰晴。民間還傳說元旦時用梳子幫烏鴉理毛，可求禱自己的頭髮也能如鴉毛般永遠烏黑不變，這就是楚人稱「女髻」為「鴉髻」的原因，例如湯恢〈二郎神〉「鴉雲斜墜」就是一例。

宋人陳德武〈滿江紅〉有「羞見慈烏啼反哺」句，其實慈烏反哺的行為並不存在，這可能是古人將噪鵑等羽色烏黑的杜鵑科鳥類托卵於鶯類鳥巢，讓巢主餵養體型比自己還大的雛鳥所產生的錯誤聯想。

左上圖：與巨嘴鴉外形相近的小嘴烏鴉主要分布在大陸的偏北地區。
左圖：只要食物充分，巨嘴鴉其實很能適應都市生活。

【烏鬼

古又名：鸕鶿、水老鴉、
　　　　摸魚公

今名：鸕鶿1

漁父醉時收釣餌，魚梁晒翅閒㊵㊵，白浪撼船眠不起。

漁父醉，灘聲₂無盡清雙耳。

————洪适〈破子〉

【註解】1. 鸕鶿：音盧慈。
　　　　2. 灘聲：白浪擊岸聲。

【另見】方岳〈最高樓〉：付老夫、小小鸕鶿杓，儘諸公，哀哀鳳凰臺。
　　　　吳泳〈漁家傲〉：世事翻騰誰認錯，休話著，綠尊且舉鸕鶿杓。
　　　　辛棄疾〈驀山溪〉：病來止酒，辜負鸕鶿杓。
　　　　楊无咎〈醉花陰〉：朱脣淺破桃花萼，重注鸕鶿杓。
　　　　羅志仁〈木蘭花慢〉：溫存鸕鶿鸚鵡，且茶甌淡對晚山青。

【鳥類小檔案】
名：鸕鷀
　　Phalacrocorax carbo
別：鸕鷀科
長：90公分

世界39種，台灣3種，大陸5種。鸕鷀厚嘴狹長，先端成鉤狀，頸部和身體長而細，尾羽長硬，腿短腳大，蹼足，雌雄相似，大體黑色，泛光澤，白喉白臉頰。夏羽頸及頭有白絲狀飾羽，兩脅有白斑，下嘴基部裸膚黃色，嘴、腳黑色。常成群出現於沿海及內陸河川、湖泊、沼澤等地，以魚類、甲殼類為主食，多潛入水裡追逐魚類，游泳時半身沒入水中，常在岸上展翼，集體築巢於礁石小島或樹頂。漁民常訓練協助捕魚，一名魚鷹。

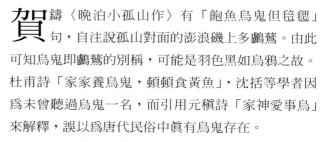

賀鑄〈晚泊小孤山作〉有「鮑魚烏鬼但毿毵」句，自注說孤山對面的澎浪磯上多鸕鷀。由此可知烏鬼即鸕鷀的別稱，可能是羽色黑如烏鴉之故。杜甫詩「家家養烏鬼，頓頓食黃魚」，沈括等學者因為未曾聽過烏鬼一名，而引用元稹詩「家神愛事烏」來解釋，誤以為唐代民俗中真有烏鬼存在。

鸕鷀體羽沒有防水油脂，因此潛水捕魚後必須曬翅晾乾。黃庭堅「鸕鷀西照處，相並曬漁蓑」與杜甫「鸕鷀西日照，曬翅滿漁梁」，都是據實描寫的場景。此外，詩詞中提到的鸕鷀杓與鸕鷀杯，是指刻有鸕鷀形狀的酒具，鸕鷀杓用來取酒，鸕鷀杯則用來盛酒。《謝氏詩源》指出這種酒具是「杯乾則杓自挹，欲飲則杯自舉」，常在文學作品中出現。

《異物志》說鸕鷀能夠潛入深水處捕魚而食。根據《隋書》記載，倭國水多陸少，常以小環掛在鸕鷀頸項上，訓練牠們入水捕魚；《埤雅》也說三峽一帶的居民會利用鸕鷀捕魚。漁夫還稱這種捕魚法為「烏頭網」，目前大陸南方還可見到這種奇特的捕魚方式。

古人認為鶴（見98-99頁）與鸕鷀同是胎生，《嘉話錄》還曾比較這兩種鳥的際遇，說鶴因胎生而列為仙禽，其中玄鶴更是神聖且祥瑞，但同為胎生且又是黑羽的鸕鷀卻受到賤視。這其實是「物以稀為貴」的觀念作祟，因為鶴難得一見，而鸕鷀卻到處可見。

左上圖：因為體羽沒有防水功能，鸕鷀捕魚後，會在岸邊展翅晾曬。
左圖：鸕鷀常成群出現於水域或浮在水面準備潛水捕魚。

【秦吉了

古又名：吉了、
今名：九官鳥、

巵酒[1]向人時，和氣先傾倒。最要然然可可[2]，萬事稱好。

滑稽坐上，更對鴟夷笑[3]。寒與熱，總隨人，甘國老[4]。

少年使酒，出口人嫌拗[5]。此箇和合道理[6]，近日方曉。

學人言語，未會十分巧。看他門，得人憐，秦吉了。

　　　　　　　　　　　　　　　　　　　　——辛棄疾〈千年調〉

【註解】1. 巵酒：杯酒。巵音支，酒器。這是
　　　　　為名為「巵言」的小閣所作的嘲弄
　　　　　之詞。
　　　　2. 然然可可：唯唯諾諾，虛與委蛇。
　　　　3. 滑稽句：滑稽是流酒器，鴟夷是皮
　　　　　製的大酒袋。
　　　　4. 甘國老：即中藥甘草的別名。
　　　　5. 少年句：年少借酒論世，總與俗情
　　　　　不合。
　　　　6. 和合道理：隨和合俗的世故心態。

【另見】陳允平〈早梅芳〉：璝窗前，秦吉了，促上長安道。

【鳥類小檔案】
名：鷯哥
　　Gracula religoiosa
別：八哥科
長：29公分

世界114種，台灣8種，大陸19種。主要分布於歐、亞、非三洲。鷯哥全身黑羽泛金屬光澤，後頭有兩片橘黃色肉垂，兩翅有白斑，飛行時最為明顯。黃腳橘嘴，棲於高樹，多成對或結群活動，喜鳴叫，叫聲響亮悅耳，主要棲息於曠野、樹林地帶，雜食，停棲時常側身探頭窺視環境，活動時多跳躍而不行走，築巢於樹林中。因善於模仿人言及鳥鳴，成為籠鳥鳴禽的常客，是雲南、廣西及海南島留鳥，在台灣為籠中逸鳥。

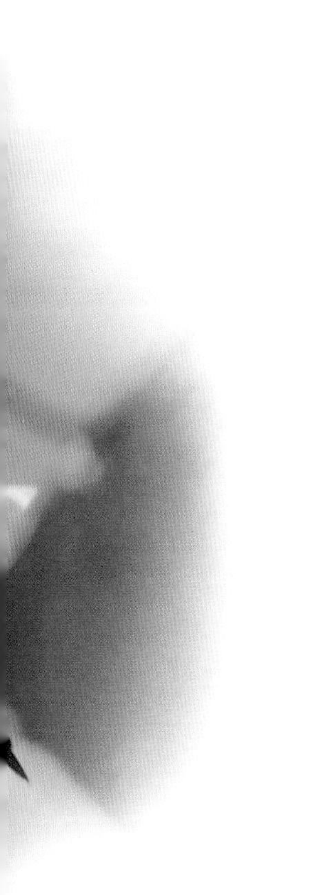

詩詞中所稱的「秦吉了」即今之九官鳥，由於舌巧擅於模仿人言而得寵，是古代帝王后妃的最愛，有時還能取代雄雞啼曉的功能。武則天時，出使嶺南的劉景陽曾受託代貢兩隻善解人意的秦吉了，私心作祟的劉景陽卻只上貢雄鳥，自己偷偷留下了雌鳥，沒想到雄鳥卻向武則天絕食訴怨，劉景陽只得連忙再呈上雌鳥，還差點因此而獲罪。

　　歷代詩文提及秦吉了時，也都著重在巧言上。白居易的樂府詩期勉秦吉了能上達民情，而不是只會「噪噪閒言語」；李白詩「安得秦吉了，為人道寸心」，則成了妻子的代言人。不過，晁補之的詩作「秦吉了，秦吉了，言語無人會，無人會得奈君何，且向紫蘭花下醉。」已將秦吉了比擬成失意文人的象徵。

　　秦吉了雖為禽類，但堅貞節烈的精神有時卻是人類所不及，宋《聞見錄》記載瀘南有個猺養秦吉了的漢民，因貧困而想以高價將秦吉了賣給邊地酋長，結果秦吉了自認是漢禽而不願入夷中，最後絕食而死。

　　李時珍還提及廣州百姓曾上貢一隻通體白色的秦吉了，久而能言。《唐會要》描述這隻禽鳥的長相是「形如鸚鵡而色白，頂微黃，心慧舌巧，人言無不通。」指的應該是俗稱白鸚鵡的葵花鸚鵡（見118-119頁），而不是真正的九官鳥。至於晉代謝尚所跳「鴝鵒舞」，其實是仿自秦吉了的兩片肉冠。

左上圖：鷯哥因為善於模仿語言，所以難逃成為籠中鳥的命運。
左圖：鷯哥頭部後方有兩片橘黃色肉垂，像極了士人頭上的方巾。

【啄木

古又名：斲1木、鴷
今名：啄木鳥

朱粉不須施，花枝小，春偏好，嬌妙近勝衣₂，輕羅紅霧垂。

琵琶金畫鳳，雙絛₃重，捲眉低。啄木細聲遲，黃蜂花上飛。

———— 張先〈醉垂鞭〉

【註解】1. 斲：音卓。
　　　　2. 勝衣：能與衣相親，意為合身。
　　　　3. 雙絛：兩條絲帶。絛，音滔。

【另見】王千秋〈好事近〉：絕憐啄木欲飛時，絃響顫鳴玉。
　　　　姚勉〈賀新涼〉：香塢花行聽啄木，翠微邊、細落仙人屐。

【鳥類小檔案】

名：小啄木

　　Dendrocopos canicapillus

別：啄木鳥科

長：15公分

世界216種，台灣4種，大陸31種。除極地及澳洲外，分布於全世界。嘴形強直而尖如鑿，不具蠟膜。舌長能伸縮，先端列生短鉤。尾呈平尾狀或楔尾狀，尾羽羽軸堅硬以供攀木時的支撐。腳短而堅實，趾為二前二後的對趾，均不相併。小啄木是十種黑白色條紋的啄木鳥之一，雌雄鳥羽色相似。飛行時呈波浪狀，常攀爬於枯朽或生苔的樹林之間，以堅硬之嘴快速敲打樹皮，再以長舌黏食樹皮內之昆蟲。鑿樹洞為巢。

啄木鳥古稱鴷或䴕木，明《三才圖會》說「鴷，啄木，口如錐，長數寸，常啄木食蟲，因名。」郭璞還提到稱爲「䴕木」的鳥兒有兩三種，「在山中者大，有赤色」，這種就是晉《博物志》中所稱的山啄木，鄉人一般稱爲火老鴉，據說「能食火炭」，這個傳說應該與其羽色烏黑有關。王禹偁〈啄木歌〉「淮南啄木大如鴉，頂似仙鶴堆丹砂」描寫的就是這種大啄木，也就是今日所稱的黑啄木鳥。

至於一般常見的啄木，就如宋《臨海異物志》所云「啄木大如雀，喙足背青，毛色正青」，即今天所稱的綠啄木。

啄木鳥啄木丁丁以除害蟲，所以《禽經》云「鴷志在木」，詠及啄木鳥的作品也多與述情喻志相關。宋代《墨客揮犀》記載，英宗治平年間，馬道以詩作「翠翎迎日動，紅觜響煙蘿。不顧泥丸及，惟貪得食多。」來諷喻江南吉水令苛政嚴民，此詩讓縣令稍微收斂行止，感激的縣民便贈送馬道一個「馬啄木」的雅號。

此外，《閩中名士傳》也記載，唐朝開元年間，薛令之在朝爲官，因爲官閒無所作爲，而慨然題詩「只可謀朝夕，那能度歲寒。」唐玄宗看見此詩後，答以「啄木觜距長，鳳凰毛羽短。既嫌松桂寒，任逐桑榆暖。」就讓薛令之投簪謝爵，徒步走向歸鄉之途。

左上圖：赤胸啄木與小啄木羽色相近，主要分布於大陸西南。
左圖：小啄木是十種黑白色條紋的啄木鳥之一，這是常見的啄木鳥。

【帶箭】

古又名：烏鳳、鷹舅、
　　　　鶤烏、燕烏
今名：大盤尾

落日水亭靜，藕葉勝花香，時賢飛蓋，松間喝道挾胡床[1]。

暑氣林深不受，山色晚來逾好，頓覺酒尊涼。

妙語發天籟，幽眇亦張皇[2]。

射者中，弈者勝[3]，興悠長。

佳人雪藕，更調冰水賽寒漿。

驚餌遊魚深逝，山禽高舉，此話要商量。

溪上採菱女，三五傍垂楊。

————汪晫〈水調歌頭〉

【註解】1. 胡床：一種可折疊的坐具。
　　　　2. 幽眇句：張皇，意為擴大。全句是說小聚的幽
　　　　　趣正在擴大。
　　　　3. 射者句：全句意謂射覆與弈棋等遊戲，讓賓主
　　　　　盡歡。

【鳥類小檔案】
名：大盤尾
　　Dicrurus paradiseus
別：卷尾科
長：35公分
　　（尾長30公分以上）

世界24種，台灣4種，大陸7種。大盤尾黑嘴強健，嘴先端略向下鉤，具嘴鬚與冠羽，兩條外側細尾末端呈單羽狀，全身黑羽富有光澤，雌雄羽色相似。常成對棲息於闊葉林、次生林與森林中，繁殖季時會群聚作炫耀表演，鳴聲響亮而多變，善於模仿其他鳥鳴聲。相似的小盤尾體型稍小，無冠羽，平整的尾羽與大盤尾的叉形有別，尾羽外側一樣有羽狀細尾。大盤尾是出現於西藏、雲南、廣東，以及印度、東南亞等地的留鳥。

詩詞中一般出現的帶箭之鳥，大多是指在畋獵時中箭受傷的鳥，例如陸游「壯哉帶箭雉，耿介死不顧。」但實際上，古籍有關鳥類的記載當中，就眞的出現了一種「帶箭鳥」。

據宋《太平廣記》描寫帶箭鳥「鳴如野鵲，翅羽黃綠間錯，尾生兩枝長二尺餘，直而不梟，唯尾梢有毛，宛如箭羽，因目之爲帶箭鳥。」《冀越集》也提及一種長相類似，稱爲「烏鳳」的鳥兒，「形若喜鵲，有二毛最長，能唱小樂府，如笙簫之聲，鸚鵡、秦吉了雖能言，不能及也。」這段記載較之上文更明確地指出了烏鳳這種鳥是體型與喜鵲相近，而聲音則可以媲美鸚鵡（見118-119頁）、秦吉了（見38-39頁）這兩種善於模仿的鳴禽。

上文所指鳥兒的共通特色是尾生二根長毛，針對這個特徵，可以再參照《桂海禽志》對於烏鳳的記載：「鬓頭有冠，尾垂二弱骨，各長一尺四五寸，其杪始有毛羽一簇，冠尾絕異，大略如鳳。」現今鳥類符合以上多種特徵者，應該是卷尾（見90-91頁）科當中的小盤尾與大盤尾，這兩種鳥兒都有非常長的尾羽，烏黑的羽色還會泛出銅綠的色澤，而且善於模仿其他鳥類的鳴聲。只是因爲小盤尾與大盤尾經常隱身在南方山林高處，不易用肉眼觀察，所以古人鮮少提及。

左上圖：剪去箭羽的大盤尾，其實酷似台灣常見的大卷尾。
左圖：大盤尾的尾羽如箭羽，所以古稱「帶箭鳥」；另有一種外形相似但體型較小的同科鳥類稱爲小盤尾。

【雀

古又名：爵、黃雀、佳賓
今名：麻雀

燎沉香₁，消溽暑₂。鳥雀呼晴，侵曉窺簷語。

葉上初陽乾宿雨，水面清圓，一一風荷舉。

故鄉遙，何日去。家住吳門，久作長安旅。

五月漁郎₃相憶否。小楫輕舟，夢入芙蓉浦。

————周邦彥〈蘇幕遮〉

【註解】1. 燎沉香：即燃燒沉香這種香料。
　　　　2. 溽暑：溽音入，濕熱的天氣。
　　　　3. 漁郎：此指故鄉遊釣的朋友。

【另見】李綱〈念奴嬌〉：獵取天驕馳衛霍，如使鷹鸇驅雀。
　　　　李壁〈小重山〉：燕雀風輕二月天，一枝何處是家園。
　　　　辛棄疾〈鷓鴣天〉：卻嫌鳥雀投林去，觸破當樓雲母屏。
　　　　京鏜〈滿江紅〉：料飽看、階前雀食，籬邊漁網。
　　　　張元幹〈寶鼎現〉：目送處、飛鴻滅沒，誰問蓬蒿爭燕雀。
　　　　馮延巳〈醉花間〉：林雀歸栖撩亂語，階前還日暮。
　　　　葛立方〈滿庭芳〉：未許蜂知，難交雀啅，芳叢猶是寒叢。
　　　　趙師俠〈生查子〉：庭虛任雀喧，院靜無人到。
　　　　劉克莊〈水龍吟〉：雀羅庭院，載醪客去，催租人至。
　　　　劉克莊〈漢宮春〉：雀晨有剝啄，顛倒衣裳。
　　　　劉辰翁〈六州歌頭〉：翻虎鼠，搏鸇雀，覆蛇龍。

【鳥類小檔案】

名：麻雀
　　Passer montanus
別：文鳥科
長：15公分

世界130種，台灣5種，大陸17種，分布世界各地，屬最常見的小型鳥類。麻雀是體型矮圓而活躍的留鳥。頭頂與頸背栗褐色，頸背有白色領環，下身白中帶黃，嘴粗短，先端呈圓錐形，翼短圓，腳短有力。與山麻雀的區別在於頰上有大黑斑。主要棲息於住家附近等開闊地帶，以種子及果實為主食，繁殖時也食昆蟲，性群棲，喜喧嘩，築巢於樹上或建築物中。秋季時群集在田野啄食穀物，同時排便施肥，功過不一。

雀的古字或作「爵」，古人認為「雀者，爵命之祥」，因此有人在獄中聽到雀鳴棘樹，認為是出獄吉兆。古人也認為若有雀鳥飛到手上，即封爵之兆。其中五色雀鳥更是代表帝王之尊的祥瑞鳥兒。古時趙國邯鄲城百姓在元旦時，都會獻綴五彩雀鳥給趙王放生以祈福；唐人也有放生雀鳥以求病癒的習俗。

據傳白雀曾受封為天庭上卿，此後即不產於下土，所以白雀被視為君子的象徵。據說魏文帝（曹丕）要受禪之時，白雀就出現了十九次之多，顯然這是魏文帝故意藉白雀降臨來顯示其登基的正當性。

《呂氏春秋》曾有「燕雀爭處於一屋之下」的記載，燕雀並提，是因兩者與人類的生活相貼近，在庭中簷下即可見得。俗云「鳥之大者唯鶴，小者唯雀」，可見雀被視為「小」鳥，成語小鳥依人指的就是雀鳥，而雀鼠之爭則比喻微細的訴訟與爭執。

黃雀還是藥用的補品，《孝子傳》記載王祥因後母生病，想找黃雀炙肉來醫治，正愁無法如願時，沒想到孝行感天，竟有數隻黃雀自動飛入幙帳中。《史記》也記載廢長立幼的趙武成王因嫡子作亂而受困，就曾探雀鷇以充饑。

還有一種功能像鬧鐘的雀鳥，會知更而鳴。《開元天寶遺事》說裴耀卿勤於政事，所養的雀鳥每夜初更會小鳴，漏盡之時則急鳴，遂有「知更雀」一名。

左上圖：白文鳥在古代被視為天庭上卿，至今仍為民眾所喜愛及籠養。
左圖：麻雀兩頰的大黑斑，是雀斑一詞的源頭。

雁

古又名：陽鳥、霜信、鴻
今名：豆雁、白額雁等

塞下秋來風景異，衡陽雁去無留意！

四面邊聲連角起，千嶂₁裡，長煙落日孤城閉。

濁酒一杯家萬里，燕然未勒₂歸無計！

羌管悠悠霜滿地₃，人不寐，將軍白髮征夫淚。

―――― 范仲淹〈漁家傲〉

【註解】1. 千嶂：千山圍成的屏障。
　　　　2. 燕然未勒：東漢竇憲逐單于，登燕然山刻石記功而還。
　　　　　 此處指功名未立。
　　　　3. 霜滿地：寒冷的月光映照滿地的秋霜。

【另見】朱敦儒〈桃源憶故人〉：飄蕭我是孤飛雁，不共紅塵結怨。
　　　　吳文英〈浪淘沙〉：秋色雁聲愁幾許，都在斜陽。
　　　　吳文英〈高陽臺〉：山色誰題，樓前有雁斜書。
　　　　李清照〈一剪梅〉：雲中誰寄錦書來，雁字回時，月滿西樓。
　　　　辛棄疾〈定風波〉：極目南雲無過雁，君看，梅花也解寄相思。
　　　　辛棄疾〈減字木蘭花〉：錦字偷裁，立盡西風雁不來。
　　　　辛棄疾〈鷓鴣天〉：木落山高一夜霜，北風驅雁又離行。
　　　　周邦彥〈玉樓春〉：煙中列岫青無數，雁背夕陽紅欲暮。
　　　　姜夔〈浣溪沙〉：雁怯重雲不肯啼，畫船愁過石塘西。
　　　　柳永〈燕歸梁〉：密憑歸雁寄芳音，恐冷落、舊時心。
　　　　晏殊〈清平樂〉：鴻雁在雲魚在水，惆悵此情難寄。
　　　　晏幾道〈阮郎歸〉：天邊金掌露成霜，雲隨雁字長。
　　　　秦觀〈南鄉子〉：此意與誰論，獨倚闌干看雁群。
　　　　張孝祥〈虞美人〉：斷行雙雁向人飛，織錦回文空在、寄它誰。
　　　　張炎〈探春慢〉：聽雁聽風雨，更聽過、數聲柔艣。
　　　　陸游〈好事近〉：羈雁未成歸，腸斷寶箏零落。
　　　　賀鑄〈負心期〉：驚雁失行風蔚蔚，冷雲成陣雪垂垂。
　　　　劉克莊〈沁園春〉：沉吟處，但螢飛草際，雁起蘆間。
　　　　蔣捷〈虞美人〉：壯年聽雨客舟中，江闊雲低、斷雁叫西風。

【鳥類小檔案】
名：豆雁
　　　Anser fabalis
別：雁鴨科
長：80公分

世界147種，台灣40種，大陸52種。豆雁是大型的灰色水禽，頸長腳短，趾間有蹼。扁嘴黑色，先端內側橙色，腳橙黃色，頭至頸部暗茶褐色。背、胸至上腹茶褐色，下腹白色，雌雄相似。主要棲息於湖泊、沼澤、河口、草原及農耕地帶，以水生動、植物為主食。性群棲，善泳善飛，多在水面取食。飛行時，頸腳伸直，群飛時，會列隊成行，築巢於地面。與大雁、白額雁、鴻雁等羽色相似而混同。

鴻雁常並稱，其實是指雁鴨科兩種不同鳥類。以體型來分，鴻大而雁小；以羽色來分，雁色蒼而鴻色白，其他不同處還有雁多群而鴻寡侶、雁毛粗而鴻毛細等。不過在詩詞中鴻雁常混同，並未細分。

宋《書經傳》說鴻雁是「隨陽之鳥」，意即隨著日照長短南來北返，也就是在冬至之時隨日往南移，夏至之時再隨日往北移。以月分來說，就是「九月而南，正月而北」，因而又稱為知時鳥。例如范仲淹名句「衡陽雁去無留意」便是入秋天寒之時，雁往南逐暖而飛的例子。

古代婚禮的六禮中有五禮都需要「用雁」以行禮，這是取雁有「能順陰陽往來」及「不再偶」的習性。金代詞人元好問名句「問世間，情是何物，直教生死相許」，就是以雁兒的淒美愛情故事所譜成的雁丘詞。《周禮》也記載「大夫執雁」以行禮，取的也是鴻雁來往順時、行列有序的習性，雁行斜步側身有如長幼之禮，可喻群臣之行。

鴻雁飛行時為了降低風阻，有「飛作八字在天」的特殊列陣形式，即一般所說的「人」字飛行。李清照詞「雁字回時，月滿西樓」所說的雁字，就是指雁陣呈人字或八字飛行的模式。她另外所寫的「雁過也，正傷心，卻是舊時相識。」則是隱喻出鴻雁具有送信與報時的功能。

左上圖：白額雁與豆雁形體相似，古人混稱為雁，喜停棲在沙洲草叢。
左圖：列隊群飛的豆雁，讓詞人興起「雁字回時，月滿西樓」的幽情。

【黃鸝

古又名：黃鳥、黃鶯、
　　　　金衣公子

今名：黃鸝

春歸何處？寂寞無行路[1]。若有人知春去處，喚取歸來同住。

春無蹤跡誰知，除非問取黃鸝。

百轉無人能解，因風飛過薔薇。

————黃庭堅〈清平樂〉

【註解】1. 無行路：無路可行，無處可尋之意。

【另見】向子諲〈生查子〉：無賴是黃鸝，喚起空愁絕。
　　　李之儀〈踏莎行〉：紫燕銜泥，黃鶯喚友，可人春色暄晴晝。
　　　周邦彥〈粉蝶兒慢〉：隔葉黃鸝傳好音，喚入深叢中探。
　　　周邦彥〈漁家傲〉：醉踏陽春懷故國，歸未得，黃鸝久住如相識。
　　　柳永〈女冠子〉：黃鸝葉底，羽毛學整，方調嬌語。
　　　晏殊〈破陣子〉：池上碧苔三四點，葉底黃鸝一兩聲。
　　　馮延巳〈金錯刀〉：日融融，草芊芊，黃鶯求友啼林前。
　　　楊澤民〈瑣窗寒〉：柳陰只有黃鶯語，似向人、欲說離愁。
　　　趙彥端〈滿庭芳〉：聽幾聲黃鳥，粵樹閩溪。

【鳥類小檔案】
名：黑枕黃鸝
　　Oriolus chinensis
別：黃鸝科
長：26公分

世界28種，台灣2種，大陸6種。黑枕黃鸝的羽色鮮豔，有粗厚的桃紅嘴，先端略向下彎，雄鳥全身黃色，有黑色的粗長過眼線延伸至後頭，呈環狀，翼羽內側及尾羽黑色為主，尾羽外緣黃色。常單獨或成對出現於平地至低海拔之樹林中上層，以植物果實、昆蟲為主食。鳴聲宏亮，婉轉多變，常兩兩呼應鳴叫。飛行力甚強，呈波浪狀，築巢於樹梢。

黃鸝的別名很多，大體上是依其鳴聲、羽色來區分，其餘多是方言音轉而成。明《三才圖會》說「黃栗留，一名倉庚，齊人謂之摶黍，秦人謂之黃流離。豳、冀謂之黃鳥，一名黃鸝留，或謂之黃栗留。」此外，關東稱鵹鶊，而關西叫鸝黃。當桑椹成熟時會出現在桑間，所以是「應節趨時」之鳥，也就是今天所說的候鳥。不過，當日李時珍等人並不知道候鳥的度冬行為，所以因襲前人的想像之說，認為黃鸝是蟄伏入水田以泥自裹來度冬的。

唐玄宗稱呼黃鸝為金衣公子、紅樹歌童，因此詩詞中也多所呈現，溫庭筠〈楊柳枝〉所寫「兩兩黃鸝色似金」與晁補之〈浣溪沙‧櫻桃〉「最紅深處有黃鸝」就是二例。黃鸝鳴聲悅耳動聽，《世說新語》曾提到名士戴顒春天時帶了果酒去賞鳥，他就認為黃鸝的鳴聲可以針砭俗耳，鼓吹詩腸。

自古以來，詩詞典籍多混同柳鶯、黃鶯（分見32-33、74-75頁）與黃鸝。《格物總論》說「鶯大勝鸲鵒，黑眉，鶒尾」，李時珍指出「其色黃而帶鶒，故有黃鸝諸名」，兩者所說的都是黑枕黃鸝。《禽經》說「此鳥之性好雙飛，故鸝字從麗，又曰鸝必匹飛。」李時珍也指出黃鸝有「雌雄雙飛」的特徵，因此秦觀〈好事近〉的名句「行到小溪深處，有黃鸝千百」，所描寫的就不是黃鸝，而是流鶯了。

左上圖：「隔葉黃鸝」是詩詞常見的吟詠主題。
左圖：《詩經‧小雅‧伐木》鶯鳴求友的含意，讓黑枕黃鸝成為鳥中五倫中友倫的代表。

【雉

古又名：澤雉、疏趾、鶾1天雞
今名：環頸雉

天工何意，碎瓊瑤玉佩2，書空千尺3。

篛笠蓑衫扁舟下，淮口煙林如織。

飛觀嶙峋，子亭突兀4，影浸澄淮碧。

綸巾鶴氅，是誰獨笑攜策。

遙想易水燕山，有人方醉賞，六花如席5。

雲重天低酣歌罷，膽壯乾坤猶窄。

射雉歸來，鐵鱗十萬6，踏碎千山白。

紫簫聲斷，喚回春滿南陌。

　　　　　————王以寧〈念奴嬌〉

【註解】1. 鶾：音漢。
　　　　2. 瓊瑤玉佩：晶瑩的玉飾。
　　　　3. 書空千尺：喻造物者撒雪滿天。
　　　　4. 飛觀句：指瑞雪積滿亭臺閣觀。
　　　　5. 六花如席：滿地雪花。雪花的結晶呈六角形，故名「六花」。
　　　　6. 鐵鱗十萬：披甲的勇士，此指從獵者的陣容盛大。

【另見】辛棄疾〈破陣子〉：宿麥畦中雊雉，柔桑陌上蠶生。
　　　　汪莘〈哨遍〉：雉朝飛，麥隴鳴儔匹。
　　　　程正同〈賀新郎〉：律令喜為鷹擊勇，無復柔桑馴雉。

【鳥類小檔案】

名：環頸雉
　　Phasianus colchicus

別：雉科

長：雄80公分；雌60公分

世界155種，台灣7種，大陸62種，環頸雉雄鳥頭部為深綠色，具光澤，耳羽簇明顯，眼周裸皮鮮紅，背red栗褐色，雜有黃褐色羽毛及黑縱斑，腰、尾上覆羽黃褐色，灰褐色的長尾上有黑褐色條斑，腹暗褐色。雌鳥全身大致為淡黃褐色，背上多褐斑，尾羽短。引種至歐美為獵鳥，台灣的特有亞種有白色頸圈，棲息於平地至山腳下及河岸的草原地帶，喜於乾燥之草叢間活動、覓食，受驚始偶作短距離飛行，在地面以枯葉築巢。

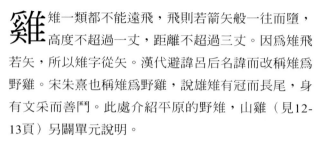

雉一類都不能遠飛，飛則若箭矢般一往而墮，高度不超過一丈，距離不超過三丈。因為雉飛若矢，所以雉字從矢。漢代避諱呂后名諱而改稱雉為野雞。宋朱熹也稱雉為野雞，說雄雉有冠而長尾，身有文采而善鬥。此處介紹平原的野雉，山雞（見12-13頁）另闢單元說明。

《禮記》則說雉一名疏趾，起初學者以為是因雉肥而兩足開，所以得名。後來又推翻前說，認為疏趾是相對於有蹼的雁鴨類而言，雞（見76-77頁）雉之腳趾間並沒有蹼幕，所以稱為疏趾，與肥瘦無關。

野雉強悍善鬥，領域性極強，以地之自然高壟者為疆界，各據一方，不相侵越，一界中以一雄雉為主。為了保護疆域，只要有他物入侵，必長鳴且敢鬥。因此《禮記》記載，凡對士都用雉為摯禮（見面禮），即取其勇猛抗敵之意。雉的羽色燦然有文采，還可用為羽儀，這也是以雉為摯禮的原因之一。

《月令》解釋雉在入冬之時會消失無蹤的原因：「孟冬之月，雉入大水為蜃。」認為雉是潛入水中化為蛟蛇（蜃）。其實，這是古人不明白雉鳥秋冬天寒之時會群聚躲藏以禦寒的行為，才會用此離奇的說法來解釋行蹤成謎的野雉。再加上蛇亦卵生，遇寒或蛻皮時也會喜歡到倉庫中藏身或覓食，與某些雉科鳥類習性相近，才會誤以為兩者會產生羽蟲間之變化。

左上圖：環頸雉已擴及歐美各地，成為狩獵的對象。
左圖：環頸雉經常出現於平地至山腳下的草原。

【鳬

古又名：少卿、水鴞、鸍、沉鳬、
　　　晨鳬、冠鳬
今名：潛鴨

相逢未幾還相別，此恨難同，細雨濛濛，一片離愁醉眼中。

明朝去路雲霄外，欲見無從，滿袂₁仙風，空託雙鳬作信鴻。

————李之儀〈採桑子〉

【註解】1. 袂：袂音妹，衣袖。

【另見】吳潛〈鵲橋仙〉：暮鴉木末，落鳬天際，都是一團秋意。
　　　　李曾伯〈滿庭芳〉：溪頭路，黃蘆一片，鳬雁兩三行。
　　　　周邦彥〈菩薩蠻〉：銀河宛轉三千曲，浴鳬飛鷺澄波綠。
　　　　周紫芝〈漁家傲〉：兒輩雌黃堪一笑，堪一笑，鶴長鳬短從他道。
　　　　洪皓〈漁家傲〉：卻羨南賓鳬與雁，行人亂，哀鳴直到翻江岸。
　　　　蒲壽宬〈滿江紅〉：潮退沙平鳬雁靜，夜深月黑魚龍怒。
　　　　趙文〈蘇幕遮〉：綠秧平，煙樹遠，村落聲喧，鳬雁歸來晚。
　　　　嚴仁〈蝶戀花〉：木落山寒鳬雁起，一聲漁笛滄洲尾。

【鳥類小檔案】
名：鵲鴨
　　Bucephala clangula
別：雁鴨科
長：46公分

世界147種，台灣40種，大陸52種。鵲鴨雄鳥頭墨綠色，泛光澤，眼金黃色，眼下近嘴基處兩側有明顯的白圓斑，黑背，下身白色；雌鳥無白斑，頭頸栗褐色，有白頸環。性機警，善游善潛，能長時間潛入水中捕食水生動物，築巢於岸邊樹洞中。與其他種類潛鴨、秋沙鴨等，同屬於善潛的野鴨，兩腳位在後方，更適於游泳，是鳧鳥的代表。紅頭或綠頭的羽色，易與綠頭鴨、赤頸鴨等相混同。

詩詞中常用鳧鷺、鳧雁、鳧鷖、鳧鷗等詞來形容出現於沙岸水際、數量較多的水鳥，例如吳潛「年來儘負鷗鳧約」、辛棄疾「鳧雁江湖來又去」、葛勝仲「鳧鷺點破琉璃色」及楊澤民「散飛鳧鷖」等。

《釋名》云「鳧，從几，短羽高飛貌。鳧義取此。」《爾雅》指出，因為「鳧性好沒」，所以一稱沉鳧。又因常在晨間飛去覓食，所以一名晨鳧。

鳧，又稱野鶩，就是現在通稱的野鴨。《格物總論》云「鳧，野鴨，頭上有毛，數百為群泊江海間。」每到一處，蔽天而下，聲如風雨，田間稻粱為之一空，讓農人傷透腦筋。

《莊子》注云「鳧脛雖短，續之則憂；鶴脛雖長，斷之則悲。此言生理至足，無欠無餘，自長非所增，自短非所損也。」衍為「鶴長鳧短」之說，詩詞中廣為引用，例如楊萬里「鶴長未便賢鳧短」、范成大「鶴鳧長短不悲憂」、蘇轍「鳧鷺不足鶴有餘」等詩句，以及周紫芝「鶴長鳧短從他道」、「鶴長鳧短怨他誰」與宋自遜「萬事鶴長鳧短」等詞句，均顯示出古代士人受到道家思想的影響。據說漢代仙人王子喬的坐騎就是尚書履所變成的雙鳧，使鳧鳥又染上了神仙色彩。

有時鷖鷓也被歸入鳧屬，《方言》云「野鳧，小而好沒水中者，南楚之外謂之鷖鷓，大者謂之鵲鷓。」

左上圖：赤嘴潛鴨等鳧鳥的一雙短腳位在身體後方，更善於潛水。
左圖：善於潛泳的鵲鴨正在求偶，與綠頭鴨等浮於水面覓食者不同。

【綠衣小鳳】

古又名：綠毛么鳳
　　　　么鳳、倒扑

今名：綠啄花等

東風已有歸來信，先返梅魂，雪鬥紛紛，更引蟾光₁過璧門₂。

綠衣小鳳枝頭語，我有嘉賓，急泛清尊，莫待江南爛漫₃春。

──────王灼〈醜奴兒〉

【註解】1. 蟾光：月亮的代稱。
　　　　2. 璧門：漢宮門名，泛指宮門。
　　　　3. 爛漫：燦爛繁多，有暗指盛極而衰的暮春時節之意。

【另見】王質〈清平樂〉：不見綠毛么鳳，一方明月中庭。
　　　　李石〈南鄉子〉：枝上綠毛么鳳子，飛仙。乞與雙雙作被眠。
　　　　李億〈徵招〉：塵暗古南州，風流遠、誰尋故枝么鳳。
　　　　侯寘〈醉落魄〉：雛鶯小鳳交飛說，嘈嘈軟語丁寧切。
　　　　洪咨夔〈賀新郎〉：冷月吹香春弄影，么鳳梢頭先覺。
　　　　無名氏〈喜團圓〉：仙標淡佇，偏宜么鳳，肯帶棲鴉。
　　　　趙長卿〈念奴嬌〉：海山么鳳，綠衣何處飛遠。
　　　　蔣捷〈粉蝶兒〉：輕羅扇小，桐花又飛么鳳。

【鳥類小檔案】
名：綠啄花
　　Dicaeum concolor
別：啄花鳥科
長：8公分

世界58種，台灣2種，大陸6種。綠啄花是純橄欖色的袖珍型鳥類，下身淺灰，翼角有白色羽簇，嘴黑，腳灰藍。為大陸南方常見的低海拔留鳥，棲息在山地、次生林與耕作區等。生性活潑好動，常單獨或成群。喜飛躍與穿梭於開花的樹梢，有傳粉作用，或採倒掛懸吊的姿勢啄食漿果與昆蟲，鳴聲尖細，築巢於密林中。因為體型小巧，與太陽鳥同時博得「亞洲蜂鳥」的譽稱。

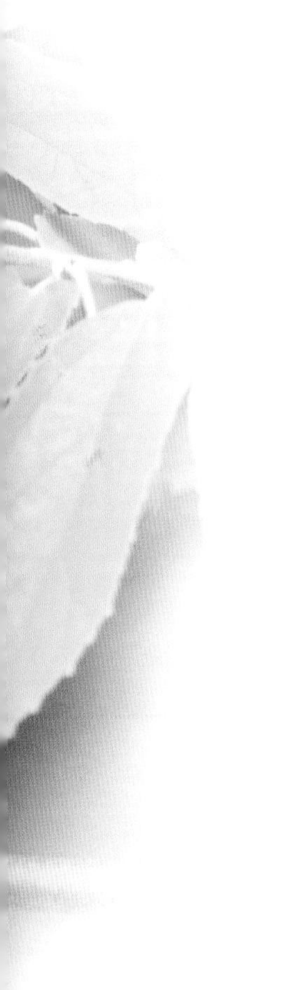

綠衣小鳳指的是一身綠色且能倒掛於枝頭上的某些鳥兒，由於只食花蜜果實，不吃蟲穀，頗有鳳鳥不食人間煙火的仙骨，加上身形袖珍，因此有小鳳之譽。綠啄花及喜歡倒掛枝頭啄食果實的短尾鸚鵡等，都是綠衣小鳳的代表。

這類鳥兒有許多別稱，元《瑯嬛記》說桐花鳳喜歡在暮春時節桐花滿樹之際，飛到花叢間吸食花蜜，所以得名，一名收香，又名探花使，常在吸食花蜜之時倒掛於花葉間，所以又稱倒掛。《名物通》說牠身形如雀，有五色羽毛。而《益部方物記》所載的另一種「絳質剛喙，屏黑於衿」，人養之不可久的紅桐觜，應該也是相同鳥種。

綠衣小鳳體型小於燕子，可至十公分以下，有如手指般大小，羽色蕉紅翠碧相間，纖嘴長尾，極易馴服，喜歡停歇在美人髮釵上，其實是因為聞到花香使然。每年白桐花盛開時即出現，桐花凋落後就飛離。這種屬於太陽鳥與啄花鳥科的鳥類，在大陸廣東等南方地區較為常見，少數在天候回暖時會偏北覓食。

由於性喜跳擲，飼養不易，籠養時要以蜜水餵飲，哺以熟粟，然而大多會觸籠而死。蜀人多喜畫成桐花扇以供四時觀賞。李德裕〈畫桐華鳳扇賦〉，即歌詠這種「常飲吮乎玉液」、「非人間之羽翮」的鳥兒。

左上圖：藍腰鸚鵡一類的小鸚鵡，也喜歡倒掛枝頭啄食果實，是後世所認為的小鳳。
左圖：綠啄花倒掛於樹枝上，只吸花蜜維生，讓牠贏得小鳳之名。

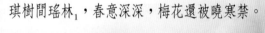

古又名：翡翠、翠鳥、
　　　　魚狗、魚師
今名：翠鳥

琪樹間瑤林₁，春意深深，梅花還被曉寒禁。

竹裡一枝斜向我，欲訴芳心。

樓外卷重陰，玉界₂沉沉，何人低唱醉泥金₃。

掠水飛來雙翠碧，應寄歸音。

────── 張孝祥〈浪淘沙〉

【註解】1. 琪樹句：古人想像仙境之玉樹。
　　　　2. 玉界：仙宮，此指為雪所封蓋的白色世界。
　　　　3. 泥金：留連酒杯。

【另見】方千里〈浣沙溪〉：翡翠雙飛尋密浦，鴛鴦濃睡倚回塘。
　　　　毛滂〈青玉案〉：卷簾凝望，淡煙疏柳，翡翠穿花去。
　　　　石孝友〈多麗〉：藕花深、雨涼翡翠，菰蒲軟、風送蜻蜓。
　　　　向子諲〈菩薩蠻〉：鴛鴦翡翠同心侶，驚風不得雙飛去。
　　　　吳文英〈夢芙蓉〉：去來雙翡翠，難傳眼恨眉意。
　　　　吳潛〈疏影〉：落雁寒蘆，翠鳥冰枝，近傍三間茅屋。
　　　　彭元遜〈菩薩蠻〉：人來驚翡翠，小鴨驚還睡。
　　　　馮延巳〈拋球樂〉：池塘水冷鴛鴦起，簾幕煙寒翡翠來。
　　　　黃庭堅〈木蘭花令〉：可憐翡翠隨雞走，學綰雙鬟年紀小。
　　　　黃庭堅〈驀山溪〉：鴛鴦翡翠，小小思珍偶。
　　　　趙以夫〈滿江紅〉：滿地胭脂春欲老，平池翡翠水新肥。
　　　　劉翰〈清平樂〉：鴛鴦翡翠，小小池塘水。

【鳥類小檔案】
名：翠鳥
　　Alcedo atthis
別：翡翠科
長：15公分

世界92種，台灣7種，大陸11種。翠鳥分布於全世界，頭頂至後頸及兩翼暗綠色而有藍色光澤，密布淡藍色斑點。背至尾藍色而有光澤，眼先至耳羽橙紅色。喉白色，胸腹橙色，短腳紅色，雄鳥粗厚長尖的嘴黑色，雌鳥則下嘴基部紅色。飛行時常發出似金屬敲擊的細碎聲。水棲翠鳥以魚蝦為食，主要棲息於平地至低海拔之河川、溪流一帶，於岸邊土牆挖道穴，再鋪以軟草為巢。常守在溪流邊，定點振翅後躍入水中捕食獵物。

翠鳥的古名很多，例如鴗、天狗、魚狗、翡翠、翠碧鳥等。或說體型小者稱為魚狗、翠鳥，而大者稱為翠奴或翡翠。宋《埤雅》則進一步細分說翡「大如鳩，青不深，無光彩，林棲，不食魚」，而翠「形大如燕，青黑色，翎深青而有光，入水食魚」。若從體型與食性而論，用今日的鳥種來區分，則分別可用翠鳥及白領翡翠為代表。

不過，詩詞中還是以翡翠及翠碧二名最常見，例如蘇軾「鴛鴦翡翠兩爭新」、向子諲「鴛鴦翡翠，終是一雙飛」、陸游「翠碧銜魚飛去來」與秦觀「翠碧黃鸝相續去」等。至於翠鳥一名則似乎已與青鳥相混，如劉辰翁「已無翠鳥傳花信」指的便是王母信差。

《禽經》說翡翠「飲啄於澄瀾迴淵之側，尤惜其羽，日濯於水中。」這其實是翠鳥衝入水中捕魚的舉動，不明就裡的古人，卻解讀為翠鳥特別愛惜羽毛。翠綠可愛的翡翠羽毛自古即受珍視，舉凡天子的車翠羽蓋、皇后的首飾步搖及貴族的翠袞錦帽，無不以之為飾。這也使得翠鳥被大量獵捕，晉人郭璞〈翡翠贊〉即以「懷璧其罪，賈害以采」來慨歎牠的不幸的遭遇。

《益部方物記》也提到一種產於四川山谷間、綠衣紺尾的翠碧鳥，一啼百囀，善於模仿其他禽語。所指應是綠鸚鵡，由後世畫師所繪的翠碧鳥即是鸚鵡，可獲證實。

左上圖：珍稀的赤翡翠是體型較大的翠鳥，常為人所獵捕。
左圖：普通翠鳥是分布最廣的翠鳥，能空中定點後衝入水中捕食。

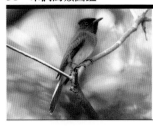

【練鵲

古又名：練鵲、紅練、白
　　　　帶鳥、拖白練、
今名：壽帶鳥

名壓年芳₁，倚竹根新影，獨照清漪。

千年禹梁蘚碧，重發南枝₂。冰凝素質，遺凡桃、羞濯塵姿。

寒正峭，東風似海，香浮夜雪春霏。

練鵲錦袍仙使，有青娥₃傳夢，月轉參移。

逋山₄傍鶯繫馬，玉翦新辭。宮妝鏡裡，笑人間、花信都遲。

春未了，紅鹽薦鼎₅，江南煙雨黃時。

————吳文英〈漢宮春〉

【註解】1. 名壓年芳：本篇題爲「壽梅津」，本句意爲名字
　　　　　中有梅這種名花。
　　　　2. 千年句：仍是暗合「梅津」一名鋪寫。
　　　　3. 青娥：青奴，即竹枕。
　　　　4. 逋山：即林逋隱居的孤山，林逋有詠梅名句。
　　　　5. 紅鹽句：意爲盤碟裝滿鹽漬的紅梅子。

【另見】章斯才〈水調歌頭〉：衣哀繡，袍練鵲，紐雙縈。

【鳥類小檔案】
名：紫壽帶鳥
　　Terpsiphone atrocaudata
別：鶲科
長：雄35公分；雌18公分

世界270種，台灣17種，大陸40種。壽帶鳥是少數具有長尾的鶲科鳥種，雄鳥尾長可達20公分，幾乎與身體等長。有栗色型與白色型兩種。黑冠頭會泛光澤，雄鳥的兩支中央尾羽特長，眼周灰藍色。白色型全身以白色為主，白背羽上有黑色縱紋；栗色型上身栗褐色，下身灰白色。兩型的雌鳥羽色相近，與栗色型雄鳥羽色相近，短尾。棲息於平地至丘陵地帶及海岸旁樹林中，主要在樹林中上層跳躍啄食昆蟲，築杯狀巢於樹上。

雄　壽帶鳥有栗色型與白色型兩種，白色型古稱白鷳，代表祥瑞之兆，唐《高僧傳》「不知誰會喃喃語，必向王前報太平」說的就是白鷳報喜，此即曹植〈魏德論〉所云「有白鷳之瑞」。明清時期，九品或任雜職者官服胸前所繡的就是白鷳。

唐代薛能〈鄜州進白野鵲〉「輕毛疊雪翅開霜，紅觜能深練尾長」，說的也是白鷳。韓愈形容白鷳羽毛「霜毛皎潔，玉羽鮮明」，南唐王感化則說是「天與蘆花作羽毛」。蘇軾看了前朝花鳥畫家黃筌的畫所寫下的「曳練雙翔亦自奇」，所說的鳥同樣是白鷳。

《禽經》直接稱白鷳為練鵲，又說一名帶鳥，俗稱壽帶鳥，「似山鵲而小，頭上披一帶，雌者短尾，雄者長尾。」《事物紺珠》補充說牠「尾長色白，又名拖白練」。明《三才圖會》則引述成練雀。

還有稱為「紅練帶」的鳥兒，指的就是與白壽帶鳥同科的另一種紫壽帶鳥與栗色型的壽帶鳥。東晉《拾遺記》提到「周成王時，塗脩國獻丹鵲，一雄一雌；孟夏，取翅為扇，一名條翮，一名素影。」丹鵲便是栗紅色的紅壽帶鳥，宋代稱為紅練鵲或紅練雀。《事物紺珠》提到宋太宗時出現的「紫鵲」，應該就是紅練鵲。陸游詩中多所描寫的紅練帶，如「穿林紅練帶」、「紅練帶飛穿柳去」、「綠樹陰中紅練起」、「紅練帶飛俱意得」等，全是指栗色型的壽帶鳥。

左上圖：壽帶鳥的母鳥與亞成鳥的羽色都是栗紅色，尾羽較短。
左圖：紫壽帶鳥的雄鳥有栗色型與白色型，圖為栗色型，古稱紅練雀。

【燕

古又名：玄燕、玄鳥、紫燕、社燕、
　　　嘉賓、天女等

今名：家燕等

一曲新詞酒一盃，去年天氣舊亭臺，夕陽西下幾時迴₁。

無可奈何花落去，似曾相識燕歸來。小園香徑₂獨徘徊。

————晏殊〈浣溪沙〉

【註解】1. 夕陽句：西下的春陽什麼時候還會再回來？
　　　　2. 香徑：落花飄香的小徑。

【另見】王炎〈點絳唇〉：雨溼東風，誰家燕子穿庭戶。
　　　　辛棄疾〈破陣子〉：燕雀豈知鴻鵠，貂蟬元出兜鍪。
　　　　晏幾道〈臨江仙〉：去年春恨卻來時，落花人獨立，微雨燕雙飛。
　　　　秦觀〈曲子〉：妾願身為梁上燕，朝朝暮暮長相見。
　　　　高觀國〈浣溪沙〉：燕子似甘愁寂寞，海棠未肯醉妖嬈。
　　　　陳堯佐〈踏莎行〉：二社良辰，千家庭院，翩翩又見新來燕。
　　　　歐陽修〈採桑子〉：垂下簾櫳，雙燕歸來細雨中。

【鳥類小檔案】
名：家燕
　　Hirundo rustica
別：燕科
長：20公分

世界89種，台灣7種，大陸12種，分布於世界各地。體型小，飛行輕捷，短嘴寬平，呈三角狀，翅狹長，尾多呈叉狀。家燕上身具輝藍色光澤，紅喉、鳥領、白腹。與洋燕、金腰燕、斑腰燕等羽色相似而易混同，主要

棲息於岩崖、建築物、電線等處，靠飛行捕食昆蟲。鳴聲細弱而節奏快，在岩崖或建物的掩蔽處以泥丸混以草莖等砌成碗狀或瓶狀巢，少數於沙岸穿穴為巢。多為候鳥，是著名食蟲益鳥。

魏《廣雅》云「玄鳥，燕也。」又說「燕，一名鷾鴯，齊曰燕，梁曰鳦。」莊子曾說「鳥莫智於意而」，意而即鷾鴯。因為燕子築巢於宅邸的梁簷上，轉危為安，莊子才會說牠智慧冠於所有鳥類。據傳周穆王曾想聘意而子擔任司徒一職，結果意而子卻化作玄鳥飛走，此即燕子又名鷾鴯的原因。

民間以燕子為吉瑞，甚至會在簷下釘置擱板，吸引燕子前來築巢，此即婁元禮《田家雜占》所說「紫燕來巢，主其家益富。」所謂紫燕即《爾雅翼》提到的「越燕小而多聲，頷下紫，巢于門楣上，謂之紫燕，亦謂之漢燕。」白燕更是吉瑞之極（見18-19頁）。

燕子也有代人傳信的事蹟，唐天寶年間長安的富商任宗到湘中從商數年不歸，其妻紹蘭將寫好的詩作綁在燕足上，請牠路過湘中時將信轉交給夫婿，此舉讓任宗感動得馬上動身返鄉。賀鑄詩句「紫燕西飛書漫託」便是沿用此典故。

燕子的德性也為古人所稱道，《史記》記載燕群會銜土置塚來哀悼忠臣賢士之死。《南史》也提到有喪偶的玄燕陪伴衛敬瑜守寡的妻子，一直到她死去還繞墓哀鳴，不食而死，時人為此還立下「燕塚」誌念。劉斧《摭遺》說唐人王榭船難時，為烏衣國人所救，後來王榭思鄉返家才醒悟是「燕子國」，急忙寄詩感恩，從此燕子又與烏衣相關聯。

左上圖：赤腰燕也是大陸常見的燕子，為花鳥畫中的常客。
左圖：家燕雙飛，是詞牌〈雙雙燕〉一名的由來。

【鴨

古又名：鶩、青頭雞、舒鳧、家鶩
今名：綠頭鴨等

手撚黃花₁無意緒，等閒行盡回廊。

捲簾芳桂散餘香，枯荷難睡鴨，疏雨暗池塘。

憶得舊時攜手處，如今水遠山長。

羅巾浥淚₂別殘妝。舊歡新夢裡，閒處卻思量。

————————辛棄疾〈臨江仙〉

【註解】1. 手撚黃花：撚音義同捻，用指揉搓。黃花指菊花。
　　　　2. 浥淚：擦拭淚水。

【另見】王炎〈水調歌頭〉：新漲鴨頭綠，春滿白蘋洲。
　　　　辛棄疾〈六么令〉：放浪兒童歸舍，莫惱比鄰鴨。
　　　　辛棄疾〈鷓鴣天〉：雞鴨成群晚不收，桑麻長過屋山頭。
　　　　周邦彥〈秋蕊香〉：乳鴨池塘水暖，風緊柳花迎面。
　　　　柳永〈三臺令〉：魚藻池邊射鴨，芙蓉苑裡看花。
　　　　晏幾道〈鷓鴣天〉：鬥鴨池南夜不歸，酒闌紈扇有新詩。
　　　　晁補之〈阮郎歸〉：雙鴨戲，亂鷗飛，人家煙雨西。
　　　　秦觀〈風流子〉：堪娛處，林鶯啼暖樹，渚鴨睡晴沙。
　　　　張表臣〈菩薩蠻〉：綠鴨與鱸魚，如何可寄書。
　　　　黃庭堅〈木蘭花令〉：徐熙小鴨水邊花，明月清風都占卻。
　　　　趙善扛〈謁金門〉：波暖池塘風細細，一雙花鴨戲。
　　　　趙聞禮〈好事近〉：鴨塘溪綠漲輕痕，柳媚新綠。

【鳥類小檔案】
名：綠頭鴨
　　Anas platyrhynchos
別：雁鴨科
長：58公分

世界147種，台灣40種，大陸52種，分布於世界各地，頸長腳短，趾間有蹼。各種類之羽色變異大，但多明亮，雌雄異色。綠頭鴨雄鳥扁嘴黃綠色，腳橘紅色，頭至上頸部深綠色，具光澤；頸部有白環，腰、尾下覆羽黑色，尾羽白色，胸部咖啡色。雌鳥嘴、腳橘黃色，全身羽色褐中有珠斑。主要棲息於河口與海岸的沼澤與沙洲，性群棲，鳴聲響亮，在水面或倒立半潛覓食水生動植物，築巢於地面，是家鴨的始祖之一。

鴨有家鴨與野鴨之分，野鴨古稱為鶩（見94-95頁）或鳧（見52-53頁）。《格物總論》說「鴨，家鶩也，一名舒鳧。」古籍常鴨鶩混用，如《周禮》的執鶩之禮，指的就是家鴨。

李時珍指出，大多數的鴨「雄者綠頭文翅，雌者黃斑色」，吳潛「葦岸遊綠鴨」就是典型的描寫，而借這鮮綠羽毛來形容溪水的詩詞更是不少，例如晏幾道「門外鴨頭春水」、王炎「新漲鴨頭綠」、張元幹「江澄鴨綠」等都是。

鴨一名青頭雞，《天中記》說四川一帶的鴨食特稱為「金羹」。杭州刺史李遠嗜食綠頭鴨，每逢贈送貴客禮物時必送綠頭鴨。陸龜蒙曾因有驛使射他鬥鴨欄中的鴨子而索賠，開玩笑說這善學人言的鴨是要上貢的，讓驛使費盡盤纏，結果陸氏說此鴨只會呀呀地自呼其名，讓使者又好氣又好笑。辛棄疾所寫的「點檢能言鴨」指的便是此事。梅堯臣也曾寫過「莫打鴨，打鴨驚鴛鴦」句，婉勸太守勿動手責打官妓。

早在唐以前的君王已有獵鴨鬥鴨的活動，魏文帝就曾派使向孫權索求鬥鴨。唐太宗時，諸公子偏愛養鬥鴨來遊戲，後人遂將鴨欄稱為射鴨欄或鬥鴨欄。一般養鴨人家大多成千上百隻地豢養，來不及自孵的蛋多用牛屎保暖孵出。盛者可達水鴨萬隻，每次要餵養五石之米，掉落的鴨毛甚至可覆蓋江渚。

左上圖：頭部有綠色斑塊的小水鴨也常出現在花鳥畫中。
左圖：廣為人知的綠頭鴨是家鴨的始祖之一，是古代常見的鴨種。

【鴛鴦

古又名：匹鳥、黃鴨、
　　　　婆羅迦鄰提
今名：鴛鴦

重過閶門[1]萬事非，同來何事不同歸？

梧桐半死清霜後，頭白鴛鴦失伴飛[2]。

原上草，露初晞，舊棲新壟兩依依。

空床臥聽南窗雨，誰復挑燈夜補衣！

　　　　　　────賀鑄〈鷓鴣天〉[3]

【註解】1. 閶門：在今江蘇省蘇州古城西門。
　　　　2. 梧桐半死句：喻指作者的喪偶之痛。
　　　　3. 鷓鴣天：本闋詞因有「梧桐半死」一
　　　　　　聯，所以詞牌一作「半死桐」。

【另見】方千里〈渡江雲〉：空健羨，鴛鴦共宿叢花。
　　　　李之儀〈清平樂〉：學書只寫鴛鴦，卻應無奈愁腸。
　　　　周必大〈點絳唇〉：醉上蘭舟，羨他沙暖鴛鴦睡。
　　　　柳永〈鷓鴣天〉：只應曾向前生裡，愛把鴛鴦兩處籠。
　　　　晏幾道〈鷓鴣天〉：誰堪共展鴛鴦錦，同過西樓此夜寒。
　　　　秦觀〈踏莎行〉：風光輪與兩鴛鴦，暖灘晴日眠相向。
　　　　無名氏〈千秋歲令〉：鴛鴦帳裡鴛鴦被，鴛鴦枕上鴛鴦睡。
　　　　趙長卿〈新荷葉〉：陰陰湖裡，羨他雙浴鴛鴦。
　　　　趙師俠〈柳梢青〉：水滿方塘，菰蒲深處，戲浴鴛鴦。
　　　　劉鎮〈蝶戀花〉：人在江南煙水路，頭白鴛鴦，不道分飛苦。
　　　　盧祖皋〈烏夜啼〉：鴛鴦睡足芳塘晚，新綠小窗紗。
　　　　薛嶬〈南鄉子〉：待得君來春去也，休休，未老鴛鴦早白頭。

【鳥類小檔案】

名：鴛鴦

　　Aix galericulata

別：雁鴨科

長：45公分

世界147種，台灣40種，大陸52種。雄鳥嘴橙紅色，先端白色，腳橙黃色，全身羽色具光澤，額及頭頂深藍綠色。眼周白色，眼後上方有白色長帶，腹下白色，脅土黃色。非繁殖期似雌鳥，但嘴橙紅色。雌鳥嘴黑褐色，基部有白色細環，腳橙黃色，背、胸脅暗褐色，眼周白色延至後方，腹下白色。常出現於中、低海拔山區之開闊、清澈、平緩而周邊有樹林之溪流、湖泊地帶。通常成對出現，大多於晨昏或夜間活動，築巢於樹洞中。

傳說鴛鴦是相思之鳥，雖然在生態研究上顯示鴛鴦並非從一而終，但傳說中的堅貞性格卻讓文人動容。晉《古今注》寫到「鴛鴦，鳧類也。雌雄未嘗相離，人得其一，一思而死，故謂之匹鳥。」就誤認為鴛鴦從一而終。鴛鴦常成對出現，因此詩人文士常用以描寫男女愛情。秦觀「風光輸與兩鴛鴦」、周必大「羨他沙暖鴛鴦睡」等，均寫出羨慕鴛鴦成雙成對的心情。

唐人崔珏以賦鴛鴦得名，時人號為崔鴛鴦。宋人賀鑄「鴛鴦俱是白頭時」，道出希望能夠與愛侶相伴到老的心願，晚年則在喪偶的情況下，寫出「梧桐半死清霜後，頭白鴛鴦失伴飛」令人心酸的感人詞句。

《魏書‧釋老志》曾記載延興年間，魏顯祖在獵鷹時，擒獲了一隻鴛鴦，另一隻則圍繞悲鳴不忍離去，魏顯祖因而下令放生。《左傳》也提到雌鴛因見愛侶慘遭煮食，遂奮不顧身地投入沸湯中，長鳴數聲而死，恩愛之情不言可喻。此外，南朝時的宋康王，曾因舍人韓憑之妻何氏貌美而占為己有，韓憑因此自殺身亡，何氏知道後從高臺躍下殉情，死後遺言希望能與韓憑合葬。宋康王說如果二塚能自然相合，便答應合葬。沒想到真有樹木從兩塚中長了出來，不久便枝連根結而長成相思之木，樹上則有鴛鴦交頸悲鳴，最後韓憑夫婦終於得以葬在一處。

左上圖：鴛鴦富麗的羽色讓人過目不忘，是古代愛情鳥的典型代表。
左圖：雄鴛鴦的羽色在非繁殖期與母鳥相同，後人常誤以為是白眉鴨。

【鵂

古又名：訓狐、鵩、角鴟、鴟、幸胡
今名：長耳鴞、短耳鴞

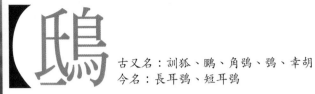

雨暗軒窗晝易昏，強欹₁纖手浴金盆，卻因涼思謝飛蚊。

酒量羨君如鵠舉₂，寒鄉憐我似鴟蹲₃，由來同是一乾坤。

——————李之儀〈浣溪沙〉

【註解】1. 強欹：欹音欺，傾向一邊。強欹，勉強婉伸。
　　　　2. 鵠舉：喝酒時酒杯高舉如鵠飛，一飲而盡，比喻酒量好。
　　　　3. 鴟蹲：鴟蹲喻坐態侷促，此指生活狹小如鴟鴉蹲守一處。

【另見】王炎〈好事近〉：試問鵂夷因甚，載輕鱸同去。
　　　　吳潛〈水調歌頭〉：及第曾攀龍首，仕宦曾居鵂閣，衣錦更光榮。
　　　　李綱〈江城子〉：老饕嗜酒若鵂夷，揀珠璣，自蒸炊。
　　　　辛棄疾〈漁家傲〉：門外獨醒人也訪，同俯仰，賞心卻在鵂夷上。
　　　　無名氏〈南柯子〉：床頭一味有蹲鵂，軟火深深香熟、已多時。
　　　　劉辰翁〈金縷曲〉：誰似鄱陽鵂夷者，相望懷沙終古。

【鳥類小檔案】
名：長耳鴞
　　Asio otus
別：鴟鴞科
長：34公分

世界194種，台灣11種，大陸28種。除南極，遍布全球。長耳鴞頭頂有兩簇黑帶皮黃的長羽，是古稱角鴞得名之源，橘色的臉盤明顯，眼橘紅色，有白眉斑，全身棕黃色，有黑褐色斑紋，飛羽與尾羽上帶有栗褐色。棲息於闊葉林及針葉林中，黃昏時開始活動，是夜行性的鳥類。肉食性，嗜食鼠類和昆蟲，常利用其他鳥類的舊巢產卵。鳴聲似貓，一名貓鴞。

古人認為鴟鴞的聲音會帶來厄運，即所謂「夜為惡聲之鷙鳥」。《補禽經》云「鴉以凶叫，鴞以愁嘯」，不管是鳴凶啼愁，都是不吉之兆，「聞之多禍」，所以古人聽到鴞鳥夜鳴，都會塞耳拒聽，投石丟擊或放狗狂吠加以驅趕，以免惹禍上身。寓言中還有一鄉之人因為厭惡鴞鳴而使鴞東遷的故事。

《本草綱目》引陳藏器之說，形容這種怪鳥「夜飛晝伏，入城城空，入室室空，常在一處則無害。若聞其聲，如笑者，宜速去之。」古代君王為了防止鴞鳥出現帶來凶兆，還特別設官驅逐。歷來古籍也記載鴟鴞肉的滋味甚佳，可為羹臛或燒烤，據傳書聖王羲之就深好此味；漢代官方還明定夏至之日賜百官品用鴞羹，這些其實都是為了加速除去這種不祥之鳥。

古人認為只有在亂國之時，妖鳥舞鴞才會出現，所以仁者之邦，妖鳥不入。堯帝在位時，鴟鴞就逃往絕漠；孔門弟子曾參留居曲阜時，鴞鳥也不入城廓。

鴟鴞被視為惡鳥，除了長相奇醜、聲音刺耳難聽（見72-73頁）外，還在於牠們會獵食其他小型鳥類。這種行為在古人看來，簡直就是生性不仁。其實，正如漢代桓寬《鹽鐵論》所說，泰山之鴟主要捕食山川間的腐鼠，並非是有害於人的動物。莊子曾以鴟鴞嗜鼠為喻，嘲笑惠施怕莊子搶他的官職。

左上圖：飛行中的短耳鴞，在暗夜飛行無聲無息，有如鬼魅，因此有鬼鳥之名。

左圖：長耳鴞一名貓鴞，因為會發出類以貓叫的聲音，在古代屬於角鴞一類。

【鴿

古又名：飛奴、鶻鴿、插羽佳人、
　　　　半天嬌、人日鳥

今名：鴿

飄盡寒梅，笑粉蝶游蜂未覺。漸迆邐₁、水明山秀，暖生簾幕。

過雨小桃紅未透，舞煙新柳青猶弱。

記畫橋深處水邊亭，曾偷約。

多少恨，今猶昨。愁和悶，都忘卻。拚從前爛醉，被花迷著。

晴鴿試鈴風力軟，雛鶯弄舌春寒薄。

但只愁，錦繡鬧妝時₂，東風惡。

　　　　　————張先〈滿江紅〉

【註解】1. 迆邐：音以里，曲折連綿貌。
　　　　2. 錦繡鬧妝時：百花爭豔之時。

【另見】無名氏〈金縷詞〉：應想寧川稱壽處，聽金籠、放鴿兒童語。願千歲，祝慈父。

【鳥類小檔案】
名：家鴿
　　Columba livia domestica
別：鳩鴿科
長：30公分

世界309種，台灣11種，大陸31種。中國古代馴養的家鴿主要從野生鴿（*C. livia*）馴化而來。其後，又與岩鴿（*C. rupestris*）及金背鳩（*Streptopelia orientalis*）等雜合，產生了今日的後代，體色品種變化大，繁殖力強。漢代

已知有蜀鴿與越鴿兩品種，明代已有《鴿經》。古籍中鳩鴿不分，所以似可推源更早。鴿是家化以後的名稱，較為晚出。那時鴿尚未馴化，只作為獵食品，家化後除食用外，還兼具娛樂與通訊功能。

鴿子有個有趣的名稱，叫「人日鳥」，其實這是因為有位不學無術卻附庸風雅的王建封，看到《動植疏》中因為傳寫訛謬而將鴿字一分為三變成「人日鳥」，王建封不辨其誤，反而在每年正月初七民俗所稱的「人日」時，一定要吃鴿子料理。

宋人曾提到東南民俗有養鵓鴿者，多達上百隻，遠望如錦繡般，羽色以灰褐為下，純黑為貴。餵食後，於鴿子腰間繫上金鈴，讓牠飛颺空中，隨風搖鈴，聲美如雲間玉珮，范成大「誰家風鴿斗鳴鈴」寫的便是這事。宋高宗也曾在宮中飼養鴿子，每日收放飛鴿勞民耗財，後因士人作詩諷諫才作罷。

唐代張九齡所養的鴿子能代傳書信，明代還曾經有顏回子孫彈得一鵓鳩，正準備食用時，才發現牠翼間綁有書信，原來是縣尹豢養了十七年的信鴿。可見信鴿也相當長壽。

《魏書》記載後魏崔光生性溫和，位居司徒時，白天讀經時會吸引鴿子停棲在膝前臂上。據說佛陀與舍利佛以身影覆住鴿群時，由鴿子出現安心與恐懼之異，來判斷其道行之高下，可見一般都認為鴿子具有靈性。唐人宋之問有詩云「入禪從鴿遶，說法有龍聽」，似乎指出了鴿子的家化與佛經的傳入有某種關係。後人也常放生鴿子以祝願，每放生一鴿，心中就默許心願，這與佛經戒殺的觀念是相吻合的。

左上圖：家鴿喜在地面覓食，是除了麻雀外，在都市最接近人類的鳥。
左圖：家鴿的羽色因為混種而多變，不過大部分都有珠頸的特徵。

【鳽鵁

古又名：鵁[1]、鳽鸕、交精
交睛、茭雞

今名：蒼鷺

背人西去一鶯啼，拍手還驚百舌飛。

淺雨微寒春有思，宿妝殘酒欲怢[2]時。

鳽鵁浪起蒲茸[3]暖，翡翠風來柳絮低。

故遣蒼頭[4]尋杏子，憑肩小語只心知。

————彭元遜〈瑞鶴鴣〉

【註解】1. 鵁：音沿。
　　　　2. 怢：音仙，適意。
　　　　3. 蒲茸：蒲草叢。
　　　　4. 蒼頭：用青巾包頭者，即奴僕。

【另見】晏殊〈漁家傲〉：葉下鳽鵁眠未穩，風翻露颭香成陣。

【鳥類小檔案】
名：蒼鷺
　　Ardea cinerea
別：鷺科
長：92公分

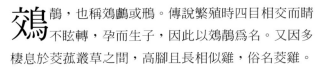

世界60種，台灣20種，大陸22種。蒼鷺屬大型的鷺科鳥類，有粗黑的長眉，頭頸與腹下灰白，灰背，飛羽、翼角與兩條胸斑黑色，嘴及腳黃色。長頸上有黑色縱紋，繁殖期嘴腳呈橘黃色。單獨或成群在海草灘、江畔河沿、湖泊淺水中捕食。有時與白鷺混群，常縮頸枯立守候獵物，或涉水捕食水族，視力敏銳，喜從魚頭整條吞食。飛時縮頸伸足，輕悠緩慢呈直線飛行。群體築巢於高樹巔，在台灣屬秋冬候鳥。

鶬鶊，也稱鶬鸆或鴚。傳說繁殖時四目相交而睛不眩轉，孕而生子，因此以鶬鶊爲名。又因多棲息於茭菰叢草之間，高腳且長相似雞，俗名茭雞。

傳說「鶬鶊厭火」可以壓制火災，因此江東人多畜養之。東晉《拾遺記》就提到三國時蜀人糜竺因家中曾有祝融之災，便在池塘中養了數千隻鶬鶊以防火災。有人認爲所謂的鶬鶊防火之說，其實主要是因爲鶬鶊爲水鳥，養之需要大池塘，水多自然濕氣重，不易天乾物燥。此外，有些鶬鶊羽色偏黑且嘴腳偏紅，也合乎古代對於可唧炭袪火的火鳥之描寫。

李時珍說鶬鶊是產於江南的水鳥，長喙好啄，丹嘴青脛，養之可玩，這種敘述除了符合蒼鷺的長相外，也涵蓋了不少鶴形目的其他鳥種。

早在《周禮》時期，江南的揚州與荊州間多已畜養鶬鶊，並與孔鸞、犀、象等同列南方的珍禽奇獸，這是因爲鶬鶊的毛羽可供使用，加上厭火的傳說所致。唐玄宗時曾遣宦官到江南捕捉鶬鶊等水禽，爲刺史倪若水上疏諫止，認爲農忙之時，不宜捕捉奇禽異鳥供園池之翫。其實當時的太液池邊，早已鶬鶊成群。

晉人虞摯及梁帝蕭統都曾作〈鶬鶊賦〉，而唐人陸龜蒙對於這種「質甚高而意甚卑」的野鳥卻受囚於籠檻中，認爲是「天地之窮鳥」，其實也借以明志。

左上圖：蒼鷺這種大型涉禽，也常出現在古代的水澤邊，與白鷺等水鳥混群覓食。
左圖：蒼鷺待魚而食，終日凝立，俗名「老等」。

【鵂鶹

古又名：鵂鷅、茅鴟、鴟
　　　　夜行遊女

今名：鵂鶹

丁丁起處，在縱牧九京，經燒殘樹₁。

時見鳥鳶飢噪，鵂鶹妖呼。數間老屋團荒堵，算何人、瓣香來注₂。

淡煙斜照，閒花野棠，杳杳年度。

世事幾、番雲覆雨₃，獨此道嫌人，拋棄塵土。

眼裡長青，誰也解如山否₄。三三五五騎牛伴，望前村、吹笛歸去。

柳青梨白，春濃月淡，蹋歌椎鼓₅。

————鞠華翁〈桂枝香〉

【註解】1. 丁丁句：本句寫的是戰國時左伯桃與羊角哀遇大雪，左伯桃解衣救羊氏，自己
　　　　　躲入樹洞而凍死，羊氏任上卿後回頭掘樹厚葬恩人的典故。
　　　　2. 數間句：描寫隱居荒野，鮮少雅朋來訪，添香閒聊。
　　　　3. 世事句：王維詩有「人情翻覆似波瀾」句，謂人事是非黑白變化，快速難料。
　　　　4. 誰也解如山否：誰能與山一樣呢？孔子曰：「仁者樂山，智者樂水。」
　　　　5. 蹋歌椎鼓：鄉野間的豐年歌舞。

【鳥類小檔案】
名：鴟鵂
　　Glaucidium brodiei
別：鴟鴞科
長：16公分

世界194種，台灣11種，大陸28種。鴟鵂頭背黑褐色，上有細橫斑；頸側至後頸黃褐色，上有黑橫斑。前頸以下白色，下頸有黑褐色及斑點，呈環頸狀。胸側、腹黑褐色，上有橫斑或縱斑，雌雄羽色相近，雌體稍大。單獨或成對生活於中高海拔的濃密樹林、灌木、林緣等處，棲於高處，性不畏光，晝夜皆可活動，尤以晨昏最為頻繁，可鳴叫達旦，尾羽會左右擺動。肉食性，嗜食鼠類和昆蟲，占用棄置樹洞為巢。

李時珍認為鴟、鴞這些「惡鳴之鳥」中，鴟與鴟鵂是一類，鴞與鵬、訓狐（幸胡）是另一類（見66-67頁）。這些鴟鴞的目睛如貓眼，所以俗稱貓頭鷹，一稱夜貓子。早在莊子之時，便已知道鴞鳥晝伏夜飛的習性。由於歷來說法混淆，鴟、鴞難以細分，大略以為鴞是大而有角，而鴟鵂是小而無角，且羽色較淡。

鴟鵂一名茅鴟，《爾雅》云「茅鴟，似鷹而白。」幼時羽色美好而長成後變為醜惡，一名鵂鶹，意謂流離。《廣雅》以怪鴟即鴟鵂，江東通稱為怪鳥。一名「夜行遊女」，夜飛晝隱，有如鬼神，據傳是難產而死的婦女所化。民間傳說餵食嬰孩以及晾曬嬰孩衣服時，不可以暴露在夜空之下，以防鴟鵂的羽毛掉落在衣服上或滴鴟血為註記，而擇時奪人嬰兒。

舊說「鴟鵂，拾人之爪，相其凶吉」，現今有些老一輩者在剪下指甲後，還是會將指甲埋入土中。考究這個民俗傳說的源頭，極可能只是錯別字引起的誤會。何承天注《莊子》「鴟鵂夜撮蚤，察毫末」時，即曾指出「虱」俗訛「蚤」，再傳寫成「爪」，使得本來只是描述鴞鳥夜目銳利到能捕捉小跳虱之記載，因筆誤輾轉成為民俗禁忌。《嶺表錄異》所說最富科學精神：「北方梟鳴，人以為怪；南中晝夜飛呼，與烏鵲無異。桂林人家羅取使捕鼠，以為勝狸（貓）也。」

主：鴟鵂等鴟鴞科鳥類，因頭目如貓，所以稱為貓頭鷹。
副：鴟鵂是小型的鴟鴞，無耳簇羽，是牠與角鴞的最大區別。

【繡羽

古又名：繡眼、流鶯、粉□
今名：綠繡眼

錦鱗繡⑳，難傳愁態顰嫵。岸草際天，雲影垂絮。

人何許，謾₁並欄倚柱。

煙光暮，悵榆錢₂滿路，送春殢酒₃，歡期幽會希遇₄。

彩簫鳳侶，回首分攜處，雙臉吹愁雨。

無限語，再見時記否。

──────方千里〈垂絲釣〉

【註解】1.謾：音慢，空自。
　　　　2.榆錢：榆莢，榆樹的葉形圓如錢，故名。
　　　　3.殢酒：殢音涕，殢酒即醉酒。
　　　　4.希遇：希通稀，難逢。

【另見】吳文英〈瑞龍吟〉：大溪面，遙望繡羽衝煙，錦梭飛練。
　　　　吳文英〈雙雙燕〉：盡日向、流鶯分訴，還過短牆，誰會萬千言語。
　　　　辛棄疾〈祝英臺令〉：斷腸片片飛紅，都無人管，倩誰喚，流鶯聲住。
　　　　辛棄疾〈滿江紅〉：乳燕引雛飛力弱，流鶯喚友嬌聲怯。
　　　　周邦彥〈瑞鶴仙〉：有流鶯勸我，重解繡鞍，緩引春酌。
　　　　晏幾道〈更漏子〉：紅日淡，綠煙晴，流鶯三兩聲。
　　　　晏幾道〈鷓鴣天〉：百花深處杜鵑啼，殷勤自與行人語，不似流鶯取次飛。
　　　　晁補之〈西江月〉：流鶯過了又蟬催，腸斷碧雲天外。
　　　　晁端禮〈小重山〉：午枕夢悠揚，流鶯聲喚覺，日猶長。
　　　　陳允平〈應天長〉：流鶯喚夢，芳草帶愁，東風料峭寒色。
　　　　陸游〈烏夜啼〉：小燕雙飛水際，流鶯百囀林端。
　　　　無名氏〈鷓鴣天〉：枝上流鶯和淚聞，新啼痕間舊啼痕。

鳥類小檔案】

名：綠繡眼
　　Zosterops japonicus
別：繡眼科
長：10公分

世界90種，台灣2種，大陸4種，主要分布於亞洲、非洲及澳洲。多數種類眼周灰白色，故名，體型袖珍。體羽以橄綠色及黃色為主，細嘴略彎，翼短圓，腳力強健。綠繡眼是小巧可愛的群棲性鳥類，上體橄綠，下身灰白，喉與尾下黃色，性活潑喧鬧，於樹林間成群覓食小蟲、漿果與花蜜，從這樹群飛到那樹，形成流鶯現象。鳴聲悅耳婉轉，成為亞洲的籠中鳴禽。

杜牧「千里鶯啼」與張籍「歌間數里鶯」詩句中描寫的是自然界中的流鶯現象。這種流鶯的體型，應與元稹〈表夏十首〉所寫「黃鶯正嬌小」同屬小型鳥種，而不是像黑枕黃鸝（見48-49頁）般的中型鳥類，才能輕巧地在花叢中穿梭，形成流鶯現象。

這種千百成群的流鶯，從現今的鳥類學角度來觀察，其實大部分所描述的是屬於繡眼科、畫眉科、山雀科、鶯科等一年四季都可見到的留鳥，許多是混群從事覓食活動，動作迅捷，快速流竄各處，於是就形成了頗為壯觀的流鶯現象。

進一步縮小範圍，我們可從唐人所寫的「流鶯拂繡羽」、「百囀宮鶯繡羽」及「繡羽花間覆」等詩句中發現「流鶯」具有繡羽的特色或別稱，再印證於宋人花鳥畫，終於確定〈枇杷繡羽圖〉及〈梅花繡眼圖〉所繪的禽鳥，就是今日屬於繡眼科的綠繡眼。

綠繡眼生性活潑而喧鬧，於樹頂覓食小型昆蟲、漿果及花蜜，常見於林地、林緣、公園及城鎮。這種鳥採集體行動的覓食行為，從十來隻至數十隻不等，迅速地在樹叢中移動覓食，轉移陣地時，行動快速且伴隨著細碎而清脆的鳥鳴聲。描寫此種流鶯現象的宋詞，以歐陽修「天欲暮，流鶯飛到秋千處」、賀鑄「多謝流鶯，欲別頻啼四五聲」及辛棄疾「流鶯喚友嬌聲怯」為代表。

左上圖：綠繡眼鳴聲細碎，羽色可喜，常成群穿梭於樹林間。
左圖：綠繡眼在宋人的花鳥畫中，已成為與梅花相配的主角。

【雞

古又名：花冠、羮本
今名：雞

黃雞喔喔催人起，困不成眠窗似水[1]。

清露不曾寒，朝來起自難。

家人當睡美[2]，又憶歸程幾。

不管濕闌干，芙蓉花自看。

　　　　　　————劉辰翁〈菩薩蠻〉

【註解】1. 窗似水：指窗外夜涼如水。
　　　　2. 睡美：睡得正香甜。

【另見】呂渭老〈江城子〉：攲枕欲尋初夜夢，雞唱遠，曉蟾傾。
　　　　李曾伯〈沁園春〉：斗杓轟處中州，還有解聞雞起舞不。
　　　　黃昇〈長相思〉：風淒淒，露淒淒，影轉梧桐月已西，花冠窗外啼。
　　　　葛長庚〈沁園春〉：被灘聲喧枕，雞聲破曉，匆匆驚覺，依舊天涯。
　　　　蔡伸〈菩薩蠻〉：花冠鼓翼東方動，蘭閨驚破邊陽夢。
　　　　蘇軾〈浣溪沙〉：莫唱黃雞并白髮，且呼張丈喚殷兄。

【鳥類小檔案】

名：家雞
　　Gallus domesticus

別：雉科

長：雄70公分；雌40公分

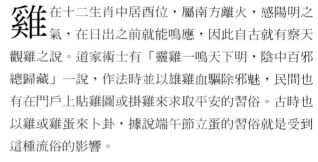

世界155種，台灣7種，大陸62種，除極地外，分布全世界。家雞馴化自野雉，與現今的野生原雞（*Gallus gallus*）非常相近。原雞屬今存四種，別名茶花雞、燭夜與紅原雞。大陸的野生原雞多生活在西南，早在新石器時代北方已出現雞骨與陶雞，可見雞的馴化已有數千年的歷史，主要是供食用，鬥雞則作為娛樂。

雞在十二生肖中居酉位，屬南方離火，感陽明之氣，在日出之前就能鳴應，因此自古就有察天觀雞之說。道家術士有「靈雞一鳴天下明，陰中百邪總歸藏」一說，作法時並以雄雞血驅除邪魅，民間也有在門戶上貼雞圖或掛雞來求取平安的習俗。古時也以雞或雞蛋來卜卦，據說端午節立蛋的習俗就是受到這種流俗的影響。

　　民間有食雞補陽的說法，凡身體虛弱或婦女坐月子期間，都會吃麻油雞來增補元氣。不過，古人認為老雞有毒，不宜食用，因為放養的雞在野外啄食蜈蚣等有毒的百蟲後，毒素久積於體內，食之對身體有害。

　　李時珍說雞的種類很多，南越與吳中有一種晝夜啼叫的「長鳴雞」，體型較高大，鳴聲也較長；三國時曹丕即曾派人來求取長鳴雞與短鳴雞。南海則有一種站在海邊石上鳴曉的石雞，當牠初啼時正是潮水初漲的徵候，所以岸邊居民稱呼這種雞為「伺潮雞」。江南還有一種腳才兩寸的「矮腳雞」。

　　傳說黃雞宜於老人滋補，嗜食雞肉者，還將雞別稱為「羹本」。詞中還以花冠代稱雞，例如黃昇「花冠窗外啼」。蘇軾寫的「休將白髮唱黃雞」句，黃雞指的即是普通的家雞。古時還有荒雞初更亂啼，被視為城荒之兆的說法。其實依《草木子》之說，只要不依時夜鳴者都是荒雞。

左上圖：現今台灣較常見的雄雞，是這種雞冠不長、羽色不豔的土雞。
左圖：本種雄雞不論體型、羽色或鳴聲，都比較接近於野生原雞。

【鵜鶘

古又名：鵜、淘河、淘鵝、
犁湖、犁塗、洿
今名：鵜鶘

斗轉星移天漸曉，驀然聽得鵜鶘叫。

山寺鐘聲人浩浩，木魚噪，渡船過岸行官道。

輕舟再奈長江討₃，重添香餌魚鉤釣。

釣得錦鱗船裡跳，呵呵笑，思量天下漁家好。

————淨端〈漁家傲〉

【註解】1. 鵜鶘：音提胡。
　　　　2. 洿：音污。
　　　　3. 輕舟句：奈通耐，小舟再入江討生活之意。

【另見】辛棄疾〈哨遍〉：有網罟如雲，鵜鶘成陣，過而留泣計應非。
　　　　謝逸〈菩薩蠻〉：縠紋波面浮鵜鶘，蒲芽出水參差碧。

【鳥類小檔案】
名：白鵜鶘
　　Pelicanus onocrotalus
別：鵜鶘科
長：160公分

世界7種，台灣2種，大陸3種，分布於南美以外的世界各地。白鵜鶘屬大型水鳥，全身羽色粉白，僅羽緣黑褐色，有短冠羽，胸前帶黃色，眼周裸膚粉紅色，喉囊黃色，雌雄鳥相似。主要棲息於湖泊與河流地帶。主食魚類，擅飛行，振翼緩慢，常於空中急下捕食水中魚，或浮游於水面捕撈魚類，集體築巢於岸邊樹上或島嶼上。

古人對於鵜鶘的了解不多，因此唐宋詩詞中都只出現幾首相關作品。《莊子》云「魚不畏網而畏鵜鶘」，指出鵜鶘擅於用智捕魚的特點。《淮南子》說「鵜鶘飲水數斗而不足」，其實是鵜鶘張口捕魚，並將魚拋入喉囊內的動作所引起的聯想。

晉郭璞注《爾雅》說鵜鶘好群飛，並「沉水食魚」，所以一名洿澤。但鵜鶘的習性卻善游泳而不會潛水，所以此處所說的沉水應是指將頭伸入水中而言或別有所指。梁《西京雜記》載「太池其間多平沙，沙上鵜鶘、鸂鶒動輒成群。」說明鵜鶘常在平沙處群聚活動。

鵜鶘因胸前有兩塊拳狀肉，傳說是偷肉跳河者所化，因此胸前還掛有兩塊肉。又因長相奇特，所以當牠出現時，國君會視為異兆，反省是否有賢者處於下位。吳地民間還流傳鵜鶘出現是水災前兆，其實這只是這類水鳥會趁著湖水漲時飛來覓食。

鵜鶘外形大如蒼鵝，所以俗名淘鵝。又說牠嘴與頭頸的形狀像極了蛇與鶴，所以又稱蛇鶴，其實所指應是鸕鷀（見36-37頁）。古人又將夏至前出現的鵜鶘稱為犁湖，夏至後出現者則稱為犁塗，以「犁」為名是因為牠的嘴形。事實上，《山海經》中就已提及有種狀似鴛鴦而人足的「鵝鶘」，李時珍說後人因音轉而變成「鵜鶘」一名。

左上圖：飛行的鵜鶘，離地雖慢，卻能於空中快速下掠捕食水中游魚。
左圖：白鵜鶘嘴下有伸縮囊袋，體型笨重且拍翅緩慢。

【鵓鳩】

古又名：鵓鴣、斑鳩、鳩
斑佳、搏穀

今名：斑鳩

樹頭初日鵓鳩鳴，野店山橋新雨晴。

短褐₁無泥竹杖輕，水泠泠，梅片飛時春草青。

——————陳克〈豆葉黃〉

【註解】1.短褐：粗布所織成的短衣，指古時平民或窮人的衣服。

【另見】何夢桂〈蝶戀花〉：漠漠輕雲山約住，半村煙樹鳩呼雨。
吳潛〈阮郎歸〉：軟風輕露弄晴暉，鵓鳩相應啼。
吳潛〈滿江紅〉：椿菌鵬鵬休較計，倚空一笑東風裡。
李演〈醉桃源〉：寒薄薄，日陰陰，錦鳩花底鳴。
陸游〈臨江仙〉：鳩雨催成新綠，燕泥收盡殘紅。
黃公紹〈望江南〉：油菜花間蝴蝶舞，刺桐枝上鵓鳩啼。
趙以夫〈二郎神〉：抃酷酊，斷送春歸，恰好聽鳩呼婦。
劉辰翁〈臨江仙〉：青鳩啼雨外，閒聽寺中聲。

貓頭鷹讀者服務卡

＊謝謝您購買：

（請填書名）

　　為提供更多資訊與服務，請您詳填本卡、直接投郵（免貼郵票），我們將不定期傳達最新訊息給您，並將您的建議做為修正與進步的動力！

姓名： 　　　　　　　　　　　性別：□女／□男

生日：西元　　　　　年　　　月　　　日

地址：□□□　　　　　　　　縣　　　　　　　鄉鎮
　　　　　　　　　　　　　　市　　　　　　　市區

聯絡電話：公（　　）　　　　　私（　　）
　　　　　手機

e-mail add.：

您對本書或本社的意見：

您可以直接上貓頭鷹知識網（http://www.owl.com.tw）瀏覽貓頭鷹全書目，加入成為讀者並可查詢豐富的補充資料。歡迎訂閱電子報，可以收到最新書訊與有趣實用的內容。大量團購請洽專線(02)2356-0933轉282。歡迎投稿！請註明貓頭鷹編輯部收。

廣　告　回　函
台灣北區郵政管理局登記證
台北廣字第000791號
免　貼　郵　票

104 台北市民生東路二段141號2樓

貓頭鷹出版社

英屬蓋曼群島商家庭傳媒（股）城邦分公司

收

【鳥類小檔案】
名：珠頸鳩
　　Streptopelia chinensis
別：鳩鴿科
長：30公分

世界309種，台灣11種，大陸31種，分布世界各地。珠頸鳩與金背鳩一樣，頸側都有一布滿白點的黑色塊斑，故名。全身褐紅色，長尾外側與尾端白色，雌雄同色。常在樹上或地面啄食，以穀類種子、果實、漿果為主食。

性群棲，直線飛行，速度甚快。會重複發出悅耳的咕咕聲，所以與杜鵑一樣，一名布穀。築巢於樹上，育雛時，會先將食物半消化後吐出再餵食，是台灣特有亞種留鳥。

古代以鳩為名的鳥種類繁多，《爾雅》即明白指出「鳩類非一」，而且還包括不同科屬的鳥類。本篇所介紹的，是與我們今日所見的斑鳩及紅鳩同類的鳥種。這種鳩鳥在古代隨處可見，所以詩文中常常提及。

　　鳩鳥體型大小不一，斑鳩屬於大型鳩，「斑」意指這種鳥頸項有繡文斑然，一稱錦鳩。漢《方言》等稱之為鵧鳩，音近閩南語的「粉鳥」。斑鳩的「斑」一作班，晉張華注《禽經》指「班」有次序之意，據說斑鳩在哺育幼雛時，往往早晨由上而下餵食，黃昏則由下而上餵食，以示公平，故名「班鳩」，又作「辨鵗」。一說鵓鳩的體型較斑鳩為小，屬於小型鳩，灰色，頸上沒有繡斑。鵓為狀聲語，用以形容此種鳥鳴叫的聲音，指的應該是今日的紅鳩。只是紅鳩的鳴聲不如斑鳩響亮。

　　鳩聲慈念，被視為慈孝之鳥。古人說鳩鳥是「一宿之鳥」，不隨便更換棲所，具有篤厚孝順之質，因此一向為人所喜愛。

　　鳩的別稱眾多，包括鵓鴣、乳鳩、斑佳、搏穀、鶌鵴、桑鳩、孛鳩、祝鳩等十餘個，不過後人大多以斑鳩或鵓鳩泛稱。李時珍進一步指出灰色小鳩及斑如梨花點的大型鳩都不善鳴，只有頸項下有真珠斑者，聲大能鳴，可以作為誘捕野鳩之鳥媒，而且藥效最好。

左上圖：金背鳩與珠頸鳩鳴聲相近，也是台灣特有亞種留鳥。
左圖：珠頸鳩的咕咕叫聲，是鵓鴣一名的由來，鳴聲與布穀鳥相近。

【鶉

古又名：鶉[1]雀、鷸、鴽[2]、斥鷃、
　　　　尺鷃、鵪鶉、籬鷃

今名：鵪鶉、棕三趾鶉等

楚鄉易得天時惡，風雨長如約。

不道有幽人，衣帶秋深，猶自懸鶉索[3]。

招呼朋侶如花萼，有酒須同酌。

世態任凋疏，卻愛黃花[4]，不似群花落。

　　　　　　　————楊无咎〈醉花陰〉

【註解】1. 鶉：音駕。
　　　　2. 鴽：音駕。
　　　　3. 鶉索：《荀子·大略篇》說子夏家貧時衣
　　　　　　若懸鶉，亦即衣服斑駁就像鵪鶉的羽色。
　　　　4. 黃花：秋日的菊花。

【另見】朱敦儒〈夢玉人引〉：放懷隨分，各逍遙，飛鷃等鵬翼。
　　　　李曾伯〈沁園春〉：菌短椿長，鷃微鵬巨，天分當然何足疑。
　　　　辛棄疾〈漢宮春〉：窮則茅廬，逍遙小大自適，鵬鷃何殊。
　　　　陳亮〈水調歌頭〉：斥鷃旁邊笑，河漢一頭傾。
　　　　葛長庚〈菊花新〉：笑勞生，空如尺鷃，戀樓花籬。
　　　　趙善括〈沁園春〉：有鷃飛鵬奮，鶴長鳧短，朱顏富貴，白髮公卿。
　　　　蘇泂〈摸魚兒〉：鶉衣簞食年年瘦，受侮世間兒女。
　　　　蘇軾〈踏莎行〉：一從迷戀玉樓人，鶉衣百結渾無奈。

【鳥類小檔案】
名：日本鵪鶉
　　Coturnix japonica
別：雉科
長：20公分

世界155種，台灣7種，大陸62種，分布全世界。日本鵪鶉屬體型小而滾圓的灰褐色鵪鶉，上身具褐色與黑色橫斑及皮黃色矛狀長紋，下身皮黃色。胸及兩脅有黑條紋，頭具條紋及白色長眉紋，夏季雄鳥臉、喉及上胸栗色，頸側有兩條深褐色帶，有別於三趾鶉，冬季二者難辨。棲息於矮草地及農田中，體色與地面及枯草相似，不易發現，少飛，受驚時常靜伏地面，窘迫時才急速飛奔。以天然坑穴鋪草為巢，為稀有冬候鳥。

鶉與鷃因生態習性相近且形狀相似，所以統稱為鵪鶉。陳藏器曾細分之，認為鶉由蝦蟆、海魚所化，羽色有斑且四時常有，屬於留鳥；鷃則由鼠所化，羽色無斑而夏有冬無，善鳴如雞，屬於候鳥。《本草綱目》中提到生性畏寒的鵪鶉，指的應該就是鷃，即今日所稱的花田雞與日本鵪鶉；至於其他不屬於候鳥的鵪鶉都屬於前者。

《禮記》云「物之小者」有「雀鷃蟬蜂」，當中的鷃指的就是鵪鶉，所以古人又以「鷃雀」一詞來泛稱小鳥。《莊子》提到鷃雀飛不過一尺，所以也稱為尺鷃。辛棄疾〈破陣子〉「燕雀豈知鴻鵠」句，應該是承自《史記・陳涉世家》的說法，其實這是將「鷃」字誤為「燕」字。

《列子》有「蛙變為鶉」的說法，黃庭堅所寫的「三十年來世三變，幾人能不變鶉蛙」說的就是這個傳說，後世民間以田雞為青蛙的代稱也源於此。

《夢書》指出鶉鷃好鬥，《禽經》記載鶉鳥被豢養時喜歡相搏，這應該是空間不足與據地求偶的關係。因為鵪鶉有聞同類鳴聲而匯聚於一起的習性，所以獵者只要找隻善鳴的鵪鶉為誘餌，必能滿載而歸，號為「長生網」。捕捉到的野生鵪鶉除了入膳外，便是作為鬥鵪鶉之用。江北人喜將鵪鶉放入懷袖之中，伺時而鬥，較之鬥雞更為雅致。

左上圖：棕三趾鶉是不善飛行的特有亞種留鳥，是鶉鳥安土重遷的典型。
左圖：日本鵪鶉在台灣屬於過境鳥。

【鵲

古又名：鳷[1]鵲、乾鵲、青喜、神女、舄

今名：喜鵲

纖雲弄巧，飛星[2]傳恨，銀漢迢迢暗渡。

金風玉露[3]一相逢，便勝卻、人間無數。

柔情似水，佳期如夢，忍顧鵲橋歸路[4]。

兩情若是久長時，又豈在、朝朝暮暮。

————秦觀〈鵲橋仙〉

【註解】1. 鳷：音支。

2. 飛星：指牛郎、織女星。

3. 金風玉露：秋風秋露，指七夕時節。

4. 忍顧句：不忍轉向回頭路，表示不捨。

【另見】王之道〈千秋歲〉：信杳杳，鵲聲近有無憑據。

向子諲〈清平樂〉：雲無天淨，明月端如鏡，烏鵲遶枝樓未穩。

杜安世〈端正好〉：喜鵲幾迴薄無據，愁都在、雙眉頭聚。

辛棄疾〈西江月〉：明月別枝驚鵲，清風半夜鳴蟬。

姚述堯〈水調歌頭〉：寶鵲喜傳佳信，丹鳳歡迎仙仗，瑞彩映珠躔。

晁補之〈臨江仙〉：馬上匆匆聽鵲喜，朦朧月淡黃昏。

陳師道〈菩薩蠻〉：東飛烏鵲西飛燕，盈盈一水經年見。

陳德武〈玉蝴蝶〉：五花驄、載將郎去，雙喜鵲、報道郎歸。

劉一止〈青玉案〉：馬頭雙鵲飛來喜，惜凝望、音書至。

劉克莊〈賀新郎〉：鵲報千林喜，還猛省、謝家池館，早寒天氣。

歐陽修〈玉樓春〉：蜘蛛喜鵲誤人多，似此無憑安足信。

謝邁〈鵲橋仙〉：月朧星淡，南飛烏鵲，暗數秋期天上。

羅志仁〈菩薩蠻〉：到嗅人、從今不信，畫簷鵲喜。

【鳥類小檔案】
名：灰喜鵲
　　Cyanopica cyanus
別：鴉科
長：35公分

世界120種，台灣11種，大陸30種，幾乎遍及世界各大洲，大多為留鳥。其下分為鳥鴉、鵲、橿鳥三屬。鵲屬在台灣有3種，大陸約有11種，灰喜鵲、喜鵲、紅嘴藍鵲分布最廣。灰喜鵲頸背灰，具長楔形尾，下身灰色，尾下覆羽棕紅色，上背褐色，黑尾，腰及下背灰白，黑嘴灰腳，雌雄羽色相同。喜成群活動，性機警，鳴聲噪雜，於地面或樹葉間捕食，常在樹林中上層穿行跳躍，雜食性，築巢樹上。

宋詞當中，有不少關於鵲橋的描寫，顯見牛郎織女的傳說到了宋代已經家喻戶曉。據傳鵲橋是由數千隻烏鵲所搭建而成的空中浮橋，在七夕當天牛郎織牛會渡橋相會。宋《爾雅翼》還煞有介事地指出，每逢牛郎織女相會之日，由於架鵲橋而使烏鵲羽毛脫落，其實這可能是恰逢鵲鳥換羽的季節。

漢《易緯通卦驗》云「鵲者，陽鳥，先物而動，先事而應。」民間視鵲鳥鳴叫為報喜的先兆，所以辛棄疾詞中有「不免相煩喜鵲兒」來報訊句，趙善括的〈摸魚兒〉也說「料喜鵲先知」。不過，《格物總論》云「鵲聲楂楂然，南人聞其噪則喜；北人聞其噪則悲。」李時珍也說「北人喜鴉惡鵲，南人喜鵲惡鴉。」可見對於鵲鳥報凶或報喜的認知，南北人大不相同。

《格物總論》進一步指出「未必鵲之知吉凶，蓋人自為之悲喜耳。」詩人文士對此也深有同感，例如唐代敦煌曲子詞〈鵲踏枝〉「叵耐靈鵲多瞞語，送喜何曾有憑據？」歐陽修「蜘蛛喜鵲誤人多」及馮延巳「鵲喜渾無據」等。

關於喜鵲的羽色，唐人韓偓〈鵲詩〉「黑白分明眾所知」及李覯〈聞喜鵲詩〉「翩翩者鵲何品流，羽毛黑白林之幽」均明確指出喜鵲黑白分明的特點。不過在宋人的花鳥畫中，所繪的喜鵲多半是紅嘴藍鵲及灰喜鵲，黑白羽色的喜鵲是到了明清以後才成為主流。

左上圖：黑白羽色的喜鵲，是數種喜鵲中分布最廣也最為人所熟悉的。
左圖：灰喜鵲是大陸北方園林常見的喜鵲，古稱青鵲。

【鵬

古又名：冥鵬、大鵬
今名：信天翁

天接雲濤連曉霧，星河欲轉千帆舞，彷彿夢魂歸帝所。

聞天語，殷勤問我歸何處。

我報路長嗟日暮，學詩謾有₁驚人句。

九萬里風鵬正舉，風休住，蓬舟吹取三山₂去。

────李清照〈漁家傲〉

【註解】1. 謾有：空有。
　　　　2. 三山：指方丈、瀛洲、蓬萊三座仙人居住的小島。

【另見】王千秋〈好事近〉：來年秋色起鵬程，一舉上晴碧。
　　　　王千秋〈西江月〉：容我一杯為壽，看君九萬鵬圖。
　　　　朱敦儒〈夢玉人引〉：放懷隨分，各逍遙，飛鶚等鵬翼。
　　　　何夢桂〈最高樓〉：也不羨、鯤鵬飛擊水。也不羨、蛟龍行得雨。
　　　　吳則禮〈鷓鴣天〉：永遇英雄際會時，垂天鵬翼逐雲飛。
　　　　吳潛〈滿江紅〉：椿菌鳩鵬休較計，倚空一笑東風裡。
　　　　李曾伯〈沁園春〉：菌短椿長，鷃微鵬巨，天分當然何足疑。
　　　　李彌遜〈臨江仙〉：莫作東山今日計，風雷已促鵬程。
　　　　辛棄疾〈滿江紅〉：鵬翼垂空，笑人世、蒼然無物。
　　　　辛棄疾〈鷓鴣天〉：鵬北海，鳳朝陽，又攜書劍路茫茫。
　　　　京鏜〈滿江紅〉：三級浪高魚已化，九霄路遠鵬方息。
　　　　洪适〈浴日亭〉：蓬萊欲往寧無計，一展彌天鵬翅。
　　　　張輯〈賀新郎〉：還更誦，大鵬賦。
　　　　陳亮〈水調歌頭〉：安識鯤鵬變化，九萬里風在下，如許上南溟。
　　　　陸游〈望梅〉：縱自倚、英氣凌雲，奈回盡鵬程，鍛殘鶯舌。
　　　　葉夢得〈水調歌頭〉：鵬飛鯤化何有，滄海漫沖融。
　　　　廖剛〈望江南〉：九萬鵬程才振翼，八千椿壽恰逢春。
　　　　趙長卿〈醉蓬萊〉：萬里晴霄，幾人爭睹，快鵬搏一舉。
　　　　趙善括〈沁園春〉：有鷃飛鵬奮，鶴長鳧短，朱顏富貴，白髮公卿。
　　　　劉辰翁〈西江月〉：碧桃花下醉相逢，說盡鵬遊蝶夢。
　　　　韓元吉〈江神子〉：鵬翼倚天鼇背穩，驚浪起，雪成堆。
　　　　魏了翁〈滿江紅〉：腐鼠那能嚇鳳嚇，怒蜩未信冥鵬翼。
　　　　蘇軾〈念奴嬌〉：便欲乘風，翻然歸去，何用騎鵬翼。

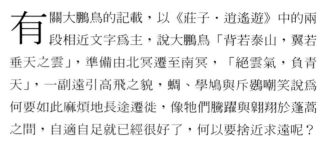

鳥類小檔案】

學名：短尾信天翁
　　　Diomedea albatrus
科別：信天翁科
身長：89公分；翼長216公分

世界14種，台灣3種，大陸3種。兩翼直而長，是最大型的海洋鳥類。種群數量稀少，常年出現於台灣海峽及大陸南海，會跟隨船隻找尋驚起與丟棄的水族。主要棲息於海上。有的種類身長1公尺，翼長3公尺，體重7-8公斤，是靠著氣流翱翔遷徙距離最遠的鳥類，可達15,000公里，壽命長達30年。除了覓食與休息，鮮少停在海面。短尾信天翁是在北半球繁殖的三種信天翁之一，全身暗褐，靠嗅覺尋找食物、繁殖地點與對象。

有關大鵬鳥的記載，以《莊子‧逍遙遊》中的兩段相近文字為主，說大鵬鳥「背若泰山，翼若垂天之雲」，準備由北冥遷至南冥，「絕雲氣，負青天」，一副遠引高飛之貌，蜩、學鳩與斥鴳嘲笑說為何要如此麻煩地長途遷徙，像牠們騰躍與翱翔於蓬蒿之間，自適自足就已經很好了，何以要捨近求遠呢？

此後詩文多循著這個脈絡來描寫，或形容壯志如鵬程之遠，如王千秋「來年秋色起鵬程，一舉上晴碧」；或認為大鵬與小鷃、學鳩各適其性，不分高下，如辛棄疾「逍遙小大自適，鵬鷃何殊」；或認為小鷃與學鳩安知大鵬之志，如魏了翁「腐鼠那能嚇鳳，怒蜩未信冥鵬翼」。

至於鵬究竟是何種鳥類，古人則含糊其詞。許慎《說文解字》甚至將鵬解為「朋鳥，朋及鵬皆古文鳳字也。」古籍提到鵬鳥時都會驚歎其翼展碩大，楚文王與漢武帝時期，曾獵得羽色鮮白的鵬雛，「度其兩翅，廣數十里」。《癸辛雜識》也說成吉思汗遠征時，曾看見鵬鳥「一羽足以蔽千人」。《淮南子》注中則述及「大鵬翱翔，水上扇魚，令出沸波，攫而食之。」則指出大鵬鳥可能是水鳥或海鳥。

在現今大型水鳥當中，信天翁是個中翹楚，中土出現的短尾信天翁羽色與體型都近似白天鵝，翼展可達兩公尺，因此極可能就是古人口中的大鵬鳥。

左上圖：短尾信天翁是亞洲海域少數可見的信天翁之一。
左圖：信天翁是最大型的海洋鳥類，靠著氣流翱翔，長途遷徙。

鵰

古又名：鷲、鶚
今名：林鵰等

壯志小鵬背，萬里欲乘風。馬瘏裘敝[1]，老來無復舊遊重。

楚尾吳頭蜀口，三十載間陳跡，袞袞水之東。

休說射鵰手，且學釣魚翁。奚為者，聊爾耳，此山中。

壺觴自引，不妨換羽與移宮[2]。

蓬矢桑弧[3]何事，朝菌大椿[4]皆分，識破色俱空。

掬潤弄明月，長嘯倚青松。

————李曾伯〈水調歌頭〉

【註解】1. 馬瘏裘敝：瘏音徒；此句指馬疲衣壞，喻人衰老。
2. 換羽與移宮：宮羽是音樂代稱，全句意謂弦歌不斷。
3. 蓬矢桑弧：古時男子以桑弓蓬矢射四方，以示長大後有壯志。
4. 朝菌大椿：《莊子》有朝菌不知晦朔，朝生暮死；大椿以八千年為春，八千年為秋，兩者壽夭不一，以喻長短難定。

【另見】王之道〈沁園春〉：況鷙群鵰鶚，未諧薦襓。
史浩〈明月逐人來〉：兼資勳業，已中雙鵰箭。
張孝祥〈念奴嬌〉：虜馬秋肥鵰力健，應看名王宵獵。
無名氏〈滿庭芳〉：堪誇處，雄姿英發，連箭射雙鵰。
戴復古〈水調歌頭〉：鵰鶚上雲漢，虎豹守天關。

【鳥類小檔案】

名：林鵰
　　Ictinaetus malayensis

別：鷲鷹科

長：70公分；
　　翼長135-274公分

世界252種，台灣26種，大陸50種。分布世界各地，嘴尖彎曲成鉤狀，善於飛翔，腳和趾強而有力，多為候鳥。林鵰是大型的褐黑色猛禽，雌大於雄，蠟膜及腳黃色，停棲時翼長於尾，是罕見的留鳥。棲息於森林上層，常在樹林上空低盤，侵襲鳥巢以尋獵物，對象從小型動物到較大型的鳥類及哺乳類。本文所指的鵰是用以泛稱體色深黑的大型鷲鷹猛禽，包括烏鵰、金鵰、白肩鵰、草原鵰及大冠鷲等。

據傳黃帝與炎帝交戰時，曾以鵰、鶚、鷹、鳶為旗幟以助威。宋《埤雅》說「鵰似鷹而大，黑色，俗呼皂鵰。其飛上薄雲漢。」有時也因體型相近，而與食魚的鶚（見92-93頁）相混，例如《說文》云「鷗之大者，又名鶚。」其翼翮乘風輕勁，可作為箭羽。

李時珍認為鵰是大型的鷹，勇猛多力，盤旋空中，無細不睹。出北地的黑鵰又稱為鷲，產自遼東的青鵰即海東青（見130-131頁）。鵰類有搏擊鴻、鵠、獐、鹿、犬、豬的能力，因此也成為猛禽的總稱。至於宋《爾雅翼》說「鵰者，鶚之類，土黃色，健飛擊沙漠中，空中盤旋無細不睹，能食麏鹿之屬，可謂鷙有力矣。」是將兀鷹一類也納入鵰屬中。

《漢書》曾記載武帝時曾派宦官隨李廣攻打匈奴，結果為射鵰者所傷，李廣擒殺肇事者。《後魏書》也提到秦王幹隨太宗出獵，並以兩箭射下雙鵰，為太宗所嘉許，而贏得「落鵰都尉」的稱號。真能一箭雙鵰的是隋朝護送公主到突厥的長孫晟，他在邊地將爭肉的兩隻鵰鳥以一箭貫穿，唐代高駢也曾一箭射下並飛的雙鵰。這類眾人欽羨的「射鵰手」，是武界至尊，因此唐代姚合編纂《極玄集》時，就將所精選的二十一位詩人都稱為「詩家射鵰手」。

左上圖：台灣最常見的特有亞種大冠鷲，也是大鵰的一員。
左圖：林鵰這種大型的褐黑色猛禽，是古代皂鵰的典型代表。

【鵯鶋】

古又名：鶗鳩、鵧鷑2、
批鶚鳥、批頰、
祝鳩、烏鶝、鴉
今名：烏秋、卷尾

雨霽風高天氣清，玉盤3浮出海，轉空明，小窗簾影冷如冰。

愁不寐，獨自傍階行。

情似浪頭輕，一番銷欲盡，一番生，無言惆悵到參橫4。

人欲起，鵯鶋幾聲鳴。

————趙令畤〈小重山〉

【註解】1. 鵯鶋：音卑夾。
　　　　2. 鵧鷑：音並立。
　　　　3. 玉盤：指月亮。
　　　　4. 參橫：參指參星，出現在西方，參橫指天明。

【另見】洪咨夔〈滿江紅〉：最關情、鵯鶋一聲催，窗紗曉。

【鳥類小檔案】
名：大卷尾
　　Dicrurus macrocercus
別：卷尾科
長：29公分

世界24種，台灣4種，大陸7種。大卷尾的黑嘴強健，嘴先端略向下鉤，具嘴鬚，全身黑羽富有光澤，尾羽長而末端分叉，末端外側略向上翹曲，故名卷尾，俗稱烏秋。雌雄羽色相似。常成群或單獨的棲息於平地至低海拔之樹林、竹林地帶，停棲在電線或牛背上，空中捕食昆蟲為主。飛行能力甚強，性好鬥，繁殖季時常在空中追逐包括猛禽在內的鳥種及攻擊人類。雲南、海南與東南亞等地區的留鳥，台灣特有亞種留鳥。

由於對鶷鶡的認識有限，因此宋代以前的詩人對於這種鳥的描寫並不多。明《稗史彙編》提到王安石的詩「翳木窺搏黍，藉草聽批頰」時，指出「批頰，蓋鳥名，但不詳為何形狀耳。」批頰即鶷鶡，該書同時也說明這是「催明之鳥」，一名夏雞，顯示古人已漸漸了解這種鳥類的習性。

江東稱鶷鶡為「烏鵙」，即今俗稱為烏秋的卷尾。因為「能啄鷹鵙烏鵲」，古人誤以為是隼科的猛禽。南人呼為「鳳皇皁隸」，是因為牠一身黑羽與逐鳥開道的特質，因此也被認為與烏鴉相類。由於與鸚鵡同為南方鳥類，又較凶猛，所以一名「鐵鸚鵡」。

古籍中曾提及一種具有剪尾的燕子能以弱制強，可以打敗海東青（見130-131頁）這種猛禽，即元代詞家歐陽玄所寫「鷹房持獵回車駕，卻道海青逢燕伯」，說馴鷹出獵一無所獲，是因為遇到了燕伯而施展不開。這裡的燕伯並非指燕科鳥類，而是與燕子同為黑色且叉尾的卷尾科鳥類。尤其是繁殖期間，為了保護雛鳥，卷尾常常會追逐靠近繁殖領域內的鷙鷹。

宋人梅堯臣「烏桕樹頭鴉舅鳴」詩句，則使用鴉舅一名，這是因為卷尾體型比烏鴉小，但卻敢追啄烏鴉之故。范成大〈五月聞鶯〉「不及曉風鶷鶡子，迎春啼到送春時」，則是指出烏秋會由暮春啼至盛夏，使烏秋又具有送春鳥的特質。

左上圖：繁殖季時，大卷尾的親鳥會攻擊接近繁殖領域的猛禽。
左圖：大卷尾羽色烏黑且尾羽開叉，古人歸為烏燕的一員。

【鶚

古又名：魚鷹、黃金鷗、白鷺、大鵰
今名：鶚、魚鷹、白尾海鵰

雪裡餐氈例姓蘇[1]，使君載酒為回車，天寒酒色轉頭無。

薦士已聞飛鶚表，報恩應不用蛇珠[2]。

醉中還許攬桓鬚[3]。

─────蘇軾〈浣溪沙〉

【註解】1. 雪裡句：描寫漢代蘇武出使匈奴遭禁於北海牧羊，飢食氈毛之守節故事。
　　　　2. 蛇珠：《淮南子》曾載大蛇銜寶珠以報隋侯救命之恩。
　　　　3. 桓鬚：典出東晉謝安感動桓伊之知己而撫其鬚。

【另見】石孝友〈漁家傲〉：雙鶚盤空擊百鳥，歸來了，藍袍錦水光相照。
　　　　李曾伯〈水調歌頭〉：鵰鶚健雲翻，聊爾待西風。
　　　　辛棄疾〈賀新郎〉：勸君且作橫空鶚，便休論、人間腥腐，紛紛烏攫。
　　　　周必大〈朝中措〉：懸知此去，鶯遷春谷，鶚在秋天。
　　　　洪适〈好事近〉：繡衣當日帝王州，橫飛看雕鶚。
　　　　張元幹〈寶鼎現〉：恐未免、上凌煙閣，好在秋天鶚。
　　　　張綱〈臨江仙〉：高風輕借便，一鶚看橫飛。
　　　　陳亮〈洞仙歌〉：向上頭，些子是鵰鶚搏空，籬底下，只有花幾朵。
　　　　戴復古〈水調歌頭〉：鵰鶚上雲漢，虎豹守天關。

【鳥類小檔案】
名：白尾海鵰
　　Haliaeetus albicilla
別：鷲鷹科
長：70-92公分；
　　翼長200-245公分

世界252種，台灣26種，大陸50種。分布世界各地，多為候鳥。

白尾海鵰是大型猛禽，大嘴尖彎曲成鉤狀，善於飛翔，腳和爪強有力，雌大於雄，頭及胸淺褐，大嘴黃而短尾白，翼下近黑色的飛羽與深栗色的翼下成對比，黃趾黑爪。為不常見的候鳥，棲息於河邊、湖泊及沿海，能蹲立不動達數小時，飛行時振翅緩慢，善於隨氣流翻翔。常在水面上空飛行，搜尋魚類、鳥類及哺乳類等獵物，會搶奪其他猛禽的獵物，常用樹梢舊巢繁殖。

古籍所載的鶚鳥並非只有一種，而是泛稱。《爾雅》指出鶚的食性是「好在江渚山邊食魚」，與今天所稱的魚鷹相同。《方言》、《說文》及《禽經》所說的鶚是「似鷹」且「尾上白」，江表人稱之為「食魚鷹」。《說文》說這種鶚是鵰之大者，指的應是大型魚鷹，因為這類魚鷹的羽色與「色淺黑而大」的大鵰或鷲一樣，因此在界定上有其重疊之處。

宋《埤雅》進一步指出，這種大型鳥類能在水上飛翔，還能振動羽翼來搧動水紋，使游魚浮出水面而攫食之，所以又稱「沸河」。李時珍認為鶚為鵰類（見88-89頁），似鷹而土黃色，「好食魚，也吃蛇」，則知這類大型魚鷹也捕食水中蛇鰻。

由此可知，古人所說的魚鷹也包括大型鵰類，《史記》、《漢書》都曾載及「鷙鳥累百，不如一鶚」，以此顯示大鶚的出類拔萃。孔融呈給曹操的〈薦禰衡表〉，就以大鶚的勇定出群來比喻禰衡的才幹突出，因此後代詩詞中也多以鶚薦、鶚書、鶚表等來代稱舉薦人才。例如王千秋「四俊鄉書薦鶚」、蘇軾「薦士已聞飛鶚表」等。

現今的白腹海鵰、白尾海鵰、虎頭海鵰等都可能是古人所稱的鶚，其中有些海鵰的嘴是黃色的，所以又稱金喙鳥。唐代李華提到的「黃金鶚」，就是以魚、鼠、雉、兔、麝、狐為食的白尾海鵰與虎頭海鵰。

左上圖：今日鳥類界所稱的「魚鷹」體型較小。
左圖：白尾海鵰是古代鶚鳥的代表，體大飛遠，常用以形容志向遠大。

【鶩

古又名：野鴨、鳧
今名：赤頸鴨

家在東湖₁，湖上頭，別來風月為誰留。

落霞孤鶩齊飛處，南浦西山相對愁₂。

真了了，好休休₃，莫教辜負菊花秋。

浮雲富貴何須羨，畫餅聲名肯浪求。

──────石孝友〈鷓鴣天〉

【註解】1. 東湖：此指作者家鄉江西南昌的東湖。
　　　　2. 落霞句：援引唐人王勃〈滕王閣序〉的詩句。
　　　　3. 真了了，好休休：意為真正不理世事，歸隱山林。

【另見】王之道〈南鄉子〉：風急斷虹收，孤鶩搖搖下荻洲。
　　　　吳潛〈祝英臺近〉：不須甕裡思量，隙中馳鶩，也莫管、玉關風景。
　　　　李之儀〈朝中措〉：惟有落霞孤鶩，晚年依舊爭邊。
　　　　辛棄疾〈沁園春〉：白髮重來，畫橋一望，秋水長天孤鶩飛。
　　　　周邦彥〈蕙蘭芳引〉：寒瑩晚空，點清鏡、斷霞孤鶩。
　　　　柳永〈散水調傾杯〉：鶩落霜洲，雁橫煙渚，分明畫出秋色。
　　　　張元幹〈念奴嬌〉：舊遊何處，落霞空映孤鶩。
　　　　陳三聘〈滿江紅〉：滕閣暮霞孤鶩舉，庾樓明月烏飛繞。
　　　　陳著〈寶鼎現〉：更社鼠城狐掃影，雁鶩驚人避箭。
　　　　楊澤民〈蕙蘭芳〉：池亭小，簾幕初下，散飛鳧鶩。
　　　　趙善扛〈宴清都〉：相從歲月如鶩，歎回首、離歌又賦。

【鳥類小檔案】
名：赤頸鴨
　　Anas penelope
別：雁鴨科
長：47公分

世界147種，台灣40種，大陸52種，遍布全世界。赤頸鴨是中型大頭鴨，嘴為灰色，嘴端黑色。雄鳥頭部栗紅色，頭頂黃色，全身灰色為主，白腹，兩脅有白斑，尾下覆羽黑色。雌鳥全身灰褐色為主，頭與腹側帶褐紅色。分布遍及大江南北，是常見的野生鴨種，常與其他雁鴨混群於湖泊、沼澤及河口地帶，紅頭特別明顯。羽色與針尾鴨、紅頭磯雁、美洲磯雁、赤嘴潛鴨等相近，都是古代野鶩的代表。

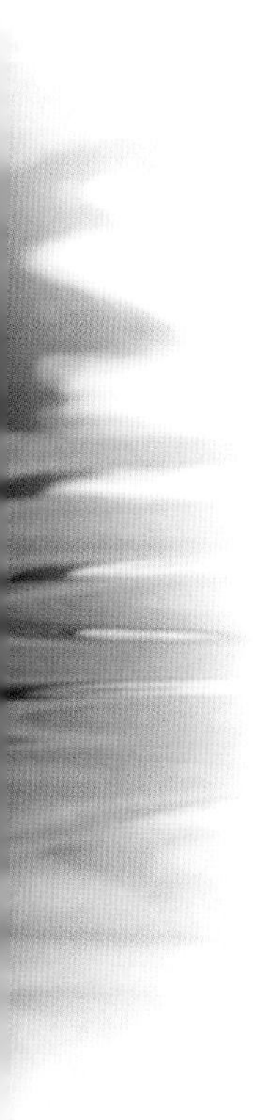

吟詠鶩的文學作品，以唐王勃的「落霞與孤鶩齊飛，秋水共長天一色」最為有名。唐詩中很少提到鶩，多半以鴨（見62-63頁）代稱，不過到了宋詞，直接提到鶩的作品明顯增多，且大多圍繞著「落霞孤鶩」來描寫，例如羅椿「南溪孤鶩」、盧炳「惟有殘霞孤鶩」及陳允平「望孤鶩斷霞」等。

戰國《尸子》以野鴨為鳧（見52-53頁），家鴨為鶩。從《左傳》以雞鶩相對，到《楚辭》所寫「寧與騏驥抗軛乎？將與雞鶩爭食乎？」都明顯地將鶩界定為家鴨。不過，如果檢視晁補之「高鴻遠鶩」、張先「斷雲孤鶩青山極」、無名氏「孤鶩高飛」及李甲「鶩雁驚飛處」等作品，以及《唐子》所說的「有群鶩成列，飛翔而過」，就會發現鶩具有「高飛」的特性，與已失去飛行能力的家鴨不同。此外，《說文》云「鶩，野鳧也。」《廣雅》則將鳧、鶩都視為鴨屬。可見古人所說的鶩有時是指野鴨而言。

越地有一種「鶩沒」的傳統比賽，就是像鶩鳥一樣潛入水底，然後魚躍而去。由於一般家鴨無法全身潛入水中，因此這裡的鶩確是野鴨無疑。如此說來，潛鴨屬一類可以潛入水中覓食的野鴨都算是野鶩了。

宋《埤雅》云「鳧、鶩醜，善趨」，衍生出「趨之若鶩」的成語；漢《說苑》則提到「鶩無他心」，所以庶人以之為見面禮，也才有「心無旁鶩」之說。

左上圖：飛行的針尾鴨，若伴隨一川斜陽，落霞孤鶩的景色便躍然紙上。
左圖：赤頸鴨與綠頭鴨同為古人所熟識。

【屬玉

古又名：鸀鳿1、白鶴子
今名：大白鷺

夢繞松江屬玉飛，秋風蓴美更鱸肥2。

不因入海求詩句，萬里投荒亦豈宜。

青箬笠，綠荷衣，斜風細雨也須歸。

崖州3險似風波海，海裡風波有定時。

　　　　　　——胡銓〈鷓鴣天〉

【註解】1. 鸀鳿：音蜀玉。
　　　　2. 秋風句：引用張季鷹在洛爲官時，對著
　　　　　　秋風思念故鄉蓴菜與鱸魚的典故。
　　　　3. 崖州：今海南島。

【另見】周紫芝〈清平樂〉：屬玉雙飛棲不定，數點晚來煙艇。
　　　　陳亮〈訴衷情〉：鴛鴦屬玉飛處，急槳蕩輕舟。
　　　　葉夢得〈鷓鴣天〉：暗搖綠霧遊倏戲，斜映紅雲屬玉飛。
　　　　韓淲〈朝中措〉：屬玉一雙飛去，荷花香動菰蒲。
　　　　蘇庠〈清江曲〉：屬玉雙飛水滿塘，菰蒲深處浴鴛鴦。
　　　　張孝祥〈蝶戀花〉：漠漠飛來雙屬玉，一片秋光，染就瀟湘綠。
　　　　陳著〈漁家傲〉：屬玉雙雙飛杳杳，山寬繞，新晴繡得春分曉。

【鳥類小檔案】
名：大白鷺
　　Ardea cinerea
別：鷺科
長：95公分

世界60種，台灣20種，大陸22種。大白鷺屬大型的鷺科鳥類，全身白羽，嘴較厚重，頸呈明顯S型，繁殖期臉頰裸膚會呈藍綠色，黃嘴變黑，黑腿變紅，背部有長出簑狀飾羽。單獨或成群活動於沼澤地帶，體態輕盈，飛行悠揚緩慢。棲息於水中或樹上，站姿高直少動，移動輕緩，優雅出眾。有時與其他鷺科鳥類混群，群體築巢於樹梢或葦叢茂密之處；或與紫鷺、鸕鶿等集體築巢。在台灣屬秋候鳥。

屬玉原作「鸀鳿」，明《稗史彙編》說「水鳥似鵁鶄者，曰屬玉」，指出屬玉與鵁鶄（見70-71頁）的外形相似。

　　李時珍根據《三輔黃圖》及《事類合璧》之說，認為後人所稱的「白鶴子」就是鸀鳿，因為其羽色潔白如玉而得名。李時珍進一步解釋云「白鶴子，狀如白鷺，長喙高腳，但頭無絲耳」，又因為「姿標如鶴」而有白鶴子之名，「林棲水食，近水處極多，人捕食之，味不甚佳。」由這段描寫可知，鸀鳿應指大白鷺無疑，其中所說的「頭無絲」其實是指非繁殖期的大白鷺沒有飾羽。

　　相較於小白鷺、牛背鷺與中白鷺而言，大白鷺較為少見，加上與其他白鷺羽色相近，所以詩文中多混稱白鷺。唐詩只有李宣古〈聽蜀道士琴歌〉「朝雊飛，雙鶴離，屬玉夜啼獨鵁悲」特別提及。宋代詩詞中，則有楊萬里「白鷺鵁鶄雙屬玉」、黃庭堅「水遠山長雙屬玉，身閑心苦一春鋤」及胡銓「夢繞松江屬玉飛，秋風蓴美更鱸肥」等作品，胡詮還指出了屬玉是候鳥。多數的宋詞所描寫的都是成雙成對的屬玉，例如張孝祥「漠漠飛來雙屬玉」、周密「屬玉雙飛煙月夕」可為代表。甚至還有與鴛鴦相提並論者，例如蘇庠〈清江曲〉「屬玉雙飛水滿塘，菰蒲深處浴鴛鴦」。

左上圖：屬玉一名白鶴子，體型則比丹頂鶴一類的白鶴小一半。
左圖：屬玉是體型較大的白鷺，如今稱為大白鷺。

【鶴

古又名：露禽、仙客、仙禽、胎禽
今名：丹頂鶴

騎鶴上揚州，腰纏十萬₁，拈起詩人舊公案₂。

看山看水，此去勝遊須遍。煩君收拾取，歸吟卷。

少日風流，暮年蕭散，佳處何妨小留款₃。

沙河塘上，落日繡簾爭捲，也須拂拭起，看花眼。

──────── 黃昇〈感皇恩〉

【註解】1. 騎鶴句：典出南朝小說，喻升官、發
　　　　財、成仙三者兼得。
　　　2. 公案：佛語，禪宗以機鋒語解決爭論
　　　　不休的議題。
　　　3. 小留款：稍作停留，題詩作記。

【另見】吳文英〈訴衷情〉：西風吹鶴到人間，涼月滿緱山。
　　　　辛棄疾〈滿江紅〉：我夢橫江孤鶴去，覺來卻與君相別。
　　　　周紫芝〈漁家傲〉：兒輩雌黃堪一笑，堪一笑，鶴長鳧短從他道。
　　　　張炎〈南樓令〉：說與山童休放鶴，最零落，是梅花。
　　　　陳亮〈瑞雲濃慢〉：鶴沖霄，魚得水。一超便、直入神仙地。
　　　　陸游〈好事近〉：誰向市塵深處，識遼天孤鶴。
　　　　賀鑄〈念良游〉：想見徘徊華表下，箇身似是遼東鶴。
　　　　劉辰翁〈滿江紅〉：海底月沉天上兔，遼東人化揚州鶴。
　　　　蔣捷〈大聖樂〉：主翁樓上披鶴氅，展一笑、微微紅透渦。
　　　　蘇軾〈臨江仙〉：問囚長損氣，見鶴忽驚心。

【鳥類小檔案】
名：丹頂鶴
　　Grus japonensis
別：鶴科
長：150公分

世界15種，台灣4種，大陸9種。大型涉禽，頸、腳較長，頭較小。丹頂鶴身高150公分，全身白羽，翼尾黑色，頭頂裸膚紅色，故名丹頂。嘴粗長而直，翅寬闊而有力，尾短，生活於開闊的平原、農田、沼澤等地，夜間棲息於淺灘上。常在沼澤和水邊活動及覓食，以植物、昆蟲、軟體動物等為食。邊飛邊叫，繁殖期間，雄鳥和雌鳥常於晨昏成對地在淺灘上展翅引頸而鳴，翩翩起舞，舉止溫雅而有節奏。築大巢於沼澤地蘆葦叢中。

鶴自古就被視為仙禽，是長壽的象徵，宋《爾雅翼》說「鶴一起千里，故謂之仙禽，以其於物為壽。」與鶴相關的神仙故事非常多，例如傳說遼東有丁令威者得道成仙後曾化鶴歸遼，停棲於華表柱上，由於一別千年，人事全非，最後慨然衝天而去。

《詩經》「鶴鳴于九皋，聲聞于天」，用鶴來比喻懷才而未仕者。浮丘公在《相鶴經》以鶴「蓋羽族之宗長，仙人之驥驥」，因此明清文職官員的補服當中，身為百官之首的一品官就以丹頂鶴為象徵圖案。此外，浮丘公也指出鶴「止不集林木」，區別出白鶴與白鷺習性不同。宋初錢塘詩人林和靖隱居西湖，一生未曾婚娶，自稱以梅為妻，以鶴為子。後人就以「孤雲野鶴」來形容隨地安處的高人隱士。

《世說新語》曾記載孟昶稱讚王恭披鶴氅裘，就像神仙下凡一樣。因此詞人文士也經常會以鶴羽所製的氅裘為飾，表現出高雅灑脫的風範。《淮南子》指出自漢以來士大夫就有養鶴的傳統，並衍生出放鶴的行為，就如張炎「放鶴山中人未歸」等詞句所描寫的。

《山家清事》說養鶴時，必於近水竹處築屋，以魚稻為飼料，若籠養則較差。如果想教鶴跳舞，可用食物控制，在鶴飢餓時，將食具放在闊遠處，鼓掌以誘食，鶴就會張翼高唳似舞而來，訓練久了自然能聞掌聲而起舞。如果地點有白石青松相伴，更添清興。

左上圖：丹頂鶴仰天而唳，是求偶之舞的一部分。
左圖：丹頂鶴是自古以來吉祥與長壽的象徵。

【鷂】

古又名：負雀、隼、鷂子、籠脫、
　　　　茅鴟、擊征、題肩
今名：雀鷹、鷂

都會地，東南盛府堪記。

蓬萊₁縹緲十洲₂中，雉城擁起₃，憑高一盼大江橫，遙連滄海無際。

壁衕₄眾山翠倚，赤龍、白鷂爭繫₅。

風帆指顧便青齊，勢雄萬壘。越棲吳沼古難憑，興亡都付流水。

畫堂綺屋錦繡市，是洛陽、耆舊州里，富貴榮華當世。

問昔年、賀老疏狂，何事輕寄平生、煙波裡₆。

　　　　　　　　————吳潛〈西河〉

【註解】1.蓬萊：即蓬萊宮殿，泛指帝王宮殿。
　　　　2.十洲：原指道教仙境，此為名山勝境的泛稱。
　　　　3.雉城句：由城牆所圍築的宮城。
　　　　4.壁衕：衕音同，巷壁。
　　　　5.赤龍句：意謂掛滿各式旗幟。
　　　　6.賀老疏狂句：賀知章晚節誕放，歸隱鑑湖。

【另見】吳文英〈一寸金〉：秋入中山，臂隼牽盧縱長獵。
　　　　柳永〈玉蝴蝶〉：徘徊，隼旗前後，三千珠履，十二金釵。
　　　　袁去華〈水龍吟〉：清霜初肅，鷹揚隼擊，青霄凌厲。
　　　　楊慧淑〈望江南〉：萬里打圍鷹隼急，六軍刁斗去還來。
　　　　蘇軾〈浣溪沙〉：畫隼橫江喜再遊，老魚跳檻識清謳。

【鳥類小檔案】
名：台灣松雀鷹
　　Accipitr virgatus
別：鷲鷹科
長：33公分；翼長60公分

世界252種，台灣26種，大陸50種。分布世界各地，多為候鳥，中至大型猛禽。松雀鷹屬小型猛禽，在古代被認為與隼同屬，雌鳥體型比雄鳥大且羽色暗褐，背羽為為石板黑色，褐灰的尾羽上有黑帶，白喉上有黑喉線，棲息於低海拔山區與林原地帶，活動與飛翔時兩翼振動頻繁，間以滑翔，捕食小鳥、昆蟲維生，築巢樹木上，是台灣特有亞種留鳥。

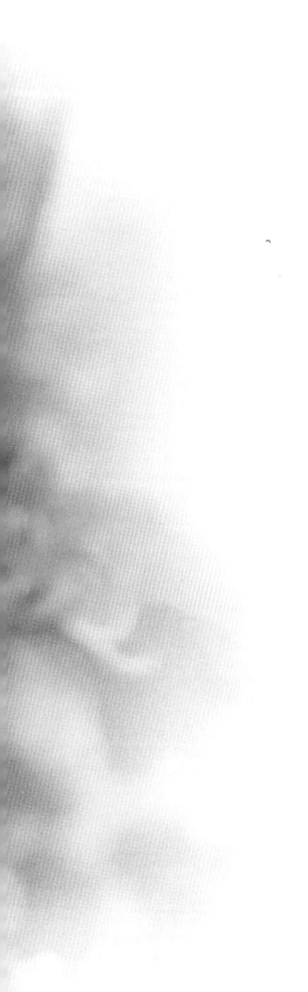

曹植曾作〈鷂雀賦〉，描寫飢餓的鷂子義釋小雀的動人故事。宋人梅堯臣作〈觀放鷂〉詩，寫的是少年繫放獵隼使得鶉鷖雀竄，因而感歎這種碎腦食肉，取樂在須臾的行為。

《爾雅》指出，善捉雀的鷂，一名負雀，齊人謂之雀鷹。江東稱為鸇，又作鶙。依《禽經》之音譯，「瞭日鷂」，表示其目光銳利，能瞭視遠望。李時珍引《詩疏》云「隼有數種，通稱為鷂。」《文選》李善注也說「鷙擊之鳥，通呼曰隼，亦曰鷂也。」可見鷂、隼是異名同實的猛禽。

宋《爾雅翼》引古語云「在北為鷹，在南為鷂。」李時珍又指出「大為鷹，小為鷂」，可見鷹、鷂這類猛禽有大小與南北之別。

鷂子向風搖翅，回頭迅疾，能搏擊燕雀而食。《列士傳》就曾記載魏公子無忌為了自己無法挽救鳩鳥被飛鷂逐殺的命運，於是下令追捕這隻鷂子，結果左右捉回數百隻鷂子，公子無忌為恐誤殺無辜，還親自按劍籠上讓殺鳩之鷂低頭認罪，並盡放其餘鷂子。此事蹟使公子無忌名聲流布，天下士人歸順。

《唐書》記載武德初年，法曹孫伏伽上諫，說獻鷂雛之舉是前朝弊風，應該革除。此外，也記載唐太子曾與諸侯王以琵琶、名馬換得鷂子與山雞。由此可見，唐朝時放鷂之風相當盛行。

左上圖：飛行中的灰澤鵟，大陸稱為白尾鷂，在古代與隼鳥混同。
左圖：展翅的台灣松雀鷹，與紅隼等小型猛禽泛稱鷂子。

【鶺鴒】

古又名：脊令、連錢、雍
　　　　雪姑、錢母

今名：鶺鴒

冬至陽生纔兩日，欣逢伯氏綬麟辰₁。

鶺鴒原上歡聲沸，棣萼₂堂前喜氣新。

斟九醞₃，勸千巡，華途從此問雲津₄。

樽前未把耆年祝，且願青雲早致身₅。

　　　　　　　　　————無名氏〈鷓鴣天〉

【註解】1.伯氏句：綬音符，繫官印的絲帶。本篇題作「弟壽兄又赴
　　　　省」，此句兼寫二意。
　　　2.棣萼：《詩經》「常棣之華，鄂不韡韡。凡今之人，莫如
　　　　兄弟。」用棠梨樹的花、萼相依，來比喻手足和睦、相互
　　　　扶持的關係。
　　　3.九醞：美酒。
　　　4.華途句：祝錦繡前程之意。
　　　5.且願句：祝願早日衣錦榮歸。

【另見】李彌遜〈昆明池〉：向棠棣華間，鶺鴒原上，莫厭尊罍頻來見。

【鳥類小檔案】
學名：灰鶺鴒
　　　Motacilla cinerea
科別：鶺鴒科
身長：19公分

世界65種，台灣11種，大陸18種。鶺鴒屬多見於東半球，體型纖小，嘴細尖，頸短，身體細長，尾羽和腳亦長。灰鶺鴒體色以灰、黃為主，與黃鶺鴒羽色相近，多為候鳥。主要棲息於草地、沼澤地或近水域之灘地，喜在地面上奔走覓食。停棲時常擺動尾羽，飛行呈波浪狀，且邊飛邊叫，只有在遇警時停棲不動，準備停棲時亦不鳴叫。以昆蟲為主食，營巢於地面上或穴隙中。

鶺鴒古作脊令，《詩經‧小雅‧常棣》云「脊令在原，兄弟急難。」將鶺鴒視為兄弟之情的象徵，即唐人喬琳〈鶺鴒賦〉所說「取其鳴行搖尾相應，以興兄弟急難之義。」因此歷代詩文中提到鶺鴒時，都與描寫手足之情有關。

鶺鴒別稱很多，例如《庶物異名疏》云「鶺鴒，水鳥，一名精列，一名錢母。」其中羽色蒼白似雪的白鶺鴒又稱為「雪姑」，據傳只要聽到雪姑鳴叫，當日必有大雪。此外，宋《埤雅》說鶺鴒「蓋雀之屬，飛則鳴，行則搖，大如鷃，長腳、尾，腹下白，頸下黑如連錢，故杜陽人謂之連錢。」描寫的也是白鶺鴒的特徵。

《禽經》說鶺鴒飛鳴不相離，因此詩人取以喻兄弟相友之道。唐玄宗為太子時，曾製大被衾及長枕，與諸王共枕，一同縱飲、擊毬、鬥雞、馳鷹犬、共畋獵為樂，當時被認為是「天子友悌，古無有者」，還因而感動上蒼，使千隻鶺鴒停集在麟德殿前的樹上，君臣還作〈鶺鴒頌〉來歌頌此一事蹟，一時傳為美談。

鶺鴒在大陸地區有候鳥，也有留鳥，由於築巢於地面或穴隙中，平常不易觀察得到，因此古人才產生「不知此鳥之所自來」的疑問，也因為不清楚這種鳥類的繁殖及其他生態行為，所以宋詞描寫鶺鴒的作品並不多。

左上圖：白鶺鴒是古代鳥類五倫中吟詠兄弟之倫的代表鳥類。
左圖：灰鶺鴒與黃鶺鴒都是羽色偏黃的鶺鴒，在野外用肉眼不易區分。

【鷓鴣

古又名：內史、懷南、逐影
今名：鷓鴣、深山竹雞

鬱孤臺₁下清江₂水，中間多少行人淚。

西北望長安，可憐無數山。青山遮不住，畢竟東流去。

江晚正愁予，山深聞鷓鴣。

────── 辛棄疾〈菩薩蠻〉

【註解】1. 鬱孤臺：位於贛州城西北角，因鬱然孤起平
　　　　　地數丈而得名，唐代李勉爲刺史時，改爲望
　　　　　闕臺，所以詞中隱喻望闕之意。
　　　　2. 清江：即贛江，章、貢二水環抱贛州城而
　　　　　流，流經鬱孤臺下匯爲贛江，北流入鄱陽湖
　　　　　而注長江。

【另見】仇遠〈醉落魄〉：莫唱江南，誰是鷓鴣客。
　　　　王從叔〈南柯子〉：碧樹留雲淫，青山似笠低，鷓鴣啼罷竹雞啼。
　　　　朱敦儒〈卜算子〉：山晚鷓鴣啼，雲暗瀧州路。
　　　　汪元量〈金人捧露盤〉：鷓鴣啼歇夕陽去，滿地風埃。
　　　　汪莘〈江神子〉：鷓鴣聲裡別江東，綠陰中，夕陽紅。
　　　　秦觀〈夢揚州〉：江南遠，人何處，鷓鴣啼破春愁。
　　　　劉辰翁〈八聲甘州〉：又看人情荏苒，不似鷓鴣飛。

【鳥類小檔案】
名：深山竹雞
　　　Arborophila crudigularis
別：雉科
長：25公分

世界155種，台灣7種，大陸62種，分布全世界。深山竹雞額暗灰色，上身橄褐色，上有黑橫斑，黑臉，眼周栗褐色，頰、喉白色，翼有栗褐斑，頸上有黑色鱗狀斑，胸、脅鼠灰色，脅有白色縱斑，尾下覆羽土黃色，雌雄相似。出現於中、低海拔的樹林底層與草叢中，性隱秘，不易見。一名台灣山鷓鴣，在大陸約有11種，常發出咕嚕聲。以嫩芽、昆蟲為食，築巢於地面，是台灣的特有亞種留鳥。

鷓鴣為南方之鳥，會逐日向暖而飛，因此一名「隨陽越雉」，古詩所寫的「越鳥朝南枝」，應該就是指鷓鴣。因為鷓鴣雖然東西回翔，但開翅之初，必先南飛，《禽經》說鷓鴣南飛是因為心志懷南而不思北地，因此鷓鴣又別稱「懷南」。

越鳥朝南枝的含意與「胡馬北嘶」相同，自唐代詩人鄭谷〈席上貽歌者〉「座中亦有江南客，莫向春風唱鷓鴣」道出思鄉情懷後，鷓鴣就成為南方人思鄉的象徵。辛棄疾的「山深聞鷓鴣」，即承此脈絡。

形容鷓鴣鳴聲最有名的就是「行不得也哥哥」，溫庭筠的「畫屏金鷓鴣」就隱含此意，從此鷓鴣就由原本的思鄉含意變成男女情愛的象徵。其實，鷓鴣鳴聲還有「鉤舟格磔」、「懊惱澤家」等多種方言擬音，也不見得專用來描寫男女情思，例如辛棄疾〈浣溪沙〉「遶屋人扶行不得，閒窗學得鷓鴣啼」、范成大「鷓鴣憂兄行不得」及陸游「鷓鴣苦道行不得」都不是情詩。李時珍還指出，嚴格說來，產於江南且鳴聲如「鉤舟格磔」者，才是正宗的鷓鴣，形似而不作此鳴者不能稱為鷓鴣。不過，民間一般都泛稱鷓鴣了。

《閩部疏》載云「鷓鴣，斑而善啼，可籠畜，味美。」依《本草》之說，吃鷓鴣肉可以解毒解蠱，潤利五臟，益於聰明。但因鷓鴣嗜食半夏草，所以體內會帶微毒，不宜多食。

左上圖：台灣山鷓鴣具有懷鄉色彩及情愛象徵，一名深山竹雞。
左圖：深山竹雞一類的鷓鴣鳴聲被擬聲為「行不得也哥哥」。

古又名：水鶚、信鳧、漚鳥、信鳥、
　　　　三品鳥、婆娑兒

今名：海鷗

問訊，湖邊春色，重來又是三年。

東風吹我過湖船，楊柳絲絲拂面。

世路如今已慣，此心到處悠然。

寒光亭₂下水連天，飛起沙鷗一片。

　　　　────張孝祥〈西江月〉

【註解】1. 問訊：尋訪。
　　　　2. 寒光亭：在溧陽（今江蘇縣）三塔寺中。

【另見】吳文英〈浪淘沙〉：似與輕鷗盟未了，來去年年。
　　　　張炎〈壺中天〉：江上沙鷗何所似，白髮飄飄羈客。
　　　　辛棄疾〈水調歌頭〉：富貴非吾事，歸與白鷗盟。
　　　　辛棄疾〈菩薩蠻〉：人言頭上髮，總向愁中白。拍手笑沙鷗，一身都是愁。
　　　　周密〈長亭怨慢〉：燕樓鶴表半飄零，算惟有、盟鷗堪語。
　　　　秦觀〈漁家傲〉：門外平湖新雨過，碧煙一抹鷗飛破。
　　　　張元幹〈水調歌頭〉：澤畔行吟處，天地一沙鷗。
　　　　吳潛〈水調歌頭〉：勳業竟何許，日日倚危樓。天風吹動襟袖，身世一輕鷗。
　　　　張掄〈朝中措〉：何事沙邊鷗鷺，一聲欸乃驚飛。
　　　　陸游〈鷓鴣天〉：雙雙新燕飛春岸，片片輕鷗落晚沙。
　　　　賀鑄〈攤破浣溪沙〉：綠樹隔巢黃鳥並，滄洲帶雨白鷗飛。
　　　　蔣捷〈喜遷鶯〉：風濤如此，被閒鷗誚我，君行良苦。
　　　　蘇軾〈江城子〉：小溪鷗鷺靜聯拳，去翩翩，點輕煙。

鳥類小檔案】
學名：紅嘴鷗
　　　Larus ridibundus
科別：鷗科
身長：40公分

世界95種，台灣27種，大陸38種。紅嘴鷗全身灰白，紅嘴，嘴端黑色，夏羽黑頭，翼後緣黑色，腳紅色，冬羽眼後有黑斑。與黑嘴鷗羽色相近，古代均泛稱為鷗鳥。在海上時浮於水面或立於漂浮物或固定物上，與其他海鳥混群，會在海面盤旋追隨魚群。此為大陸常見的鷗鳥，在內陸地區曾有上萬隻成群的紀錄，常在水域及魚塘上方低空盤旋，或在水面停息游弋，時而在耕牛或魚船處聚集，以啄食獵物。

李時珍《本草綱目》說，鷗鳥喜歡如水漚般輕漾於水上，故名漚鳥。又因喜歡群飛「迎浪蔽日」，所以有「鷖鳥」（見108-109頁）之稱。形以鴉而在水上活動，故名水鴉。隨著浪潮活動，守時有信，故稱信鳧，一名信鳥。

　　吟詠鷗鳥的宋詞作品中，最常引用的典故還是《列子》中說海鷗能識破人類機心的故事，亦即「盟鷗」的典故，藉此以彰顯作者忘懷人世名利得失的胸襟，例如吳文英〈江神子〉「漫結鷗盟」、文天祥〈酹江月〉「正爲鷗盟留醉眼」、周密〈過秦樓〉「盟鷗鄉近」及張元幹〈永遇樂〉「白鷗盟在」等，辛棄疾〈水調歌頭〉「凡我同盟鷗鳥，今日既盟之後，來往莫相猜。」及〈菩薩蠻〉「拍手笑沙鷗，一身都是愁」更是最具代表性。前者寫出了與鷗鷺結盟爲伍，表明詞人沒有爾虞我詐的機心，後者則將羽色潔白的鷗鳥擬人化，象徵士人因多愁善感而徒生白髮，這是之前詩人所未詠及的新意象。

　　唐人劉長卿因擅寫鷗鳥而被稱爲白鷗詩人，筆下名句有「誰見白鷗鳥，無心洲渚間」及「久被浮名繫，能無愧海鷗」等。到了宋代，除了辛棄疾喜歡描寫鷗鳥外，張炎的寫鷗作品更多，例如〈聲聲慢〉的「冷卻鷗盟」及〈壺中天〉的「江上沙鷗何所似」等，主題均不離「鷗盟」象徵。

左上圖：燕鷗也是鷗科一員，除了尾羽開叉外，其他的習性相似。
左圖：紅嘴鷗常見於大陸水域，「小溪鷗鷺靜聯拳」約莫就是這種場景。

古又名：錦地鷗、鸑2、芙蓉鷗
1 今名：鸑

碧波落日寒煙聚，望遙山、迷離紅樹。

小艇載人來，約尊酒、商量歧路。

柳斷橋西，共攜手、攀條3無語。

水際見鷖鳧，一對對、眠沙漵4。

西陵松柏青如故。翦煙花、幽蘭啼露。

油壁間花驄5，那禁得、風吹細雨。

饒他此後更思量，總莫似、當筵情緒。

鏡面綠波平，照幾度、人來去。

————張先〈山亭宴〉

【註解】1. 鷖：音醫。
　　　　2. 鸑：音欲。
　　　　3. 攀條：攀折柳條以贈別。
　　　　4. 沙漵：漵音緒，潮間帶。
　　　　5. 油壁間花驄：指用油塗飾車壁的馬
　　　　　 車，多為婦女所乘坐。

【另見】周邦彥〈一寸金〉：波暖鷖鳧作，沙痕退、夜潮正落。
　　　　章謙亨〈小重山〉：薄靄邀客去程賒，都輸與，鷖鷺立平沙。
　　　　葛勝仲〈漁家傲〉：溪漲慢流過几席，寒淒淒，鷖鳧點破琉璃色。
　　　　廖瑩中〈木蘭花慢〉：鷖鷺太平世也，要東還、赴上是何年。

鳥類小檔案】
學名：紅領瓣蹼鷸
　　　Phalaropus lobatus
科別：鷸科
身長：18公分

世界87種，台灣45種，大陸48種。紅領瓣蹼鷸羽色以灰白為主，上體灰黑，下身偏白，頭頂及粗眼線黑色，黑嘴窄而尖長，因腳有瓣蹼，常於海上游泳，飛行類似燕子，繁殖季雌鳥羽色較雄鳥美麗，棕紅色自眼後連接頸部呈領狀，背羽也稍染棕紅，是少數求偶時雌鳥主動，而由雄鳥孵卵與育雛的鳥類。翅狹長而尖，適合長途飛行。主要棲息於海上，有時到陸上池澤活動，以浮游生物為食，不甚懼人。

詩詞中，鷺鳧多半會並提，例如唐人李中〈村行〉「野塘波闊下鳧鷺」，就是鳧鷺合寫的典型。這是承襲《詩經》「鳧鷺在涇」的傳統，由此可見這兩種鳥類的習性相近且同是水鳥，才會聚集在一處覓食，所以詩人才會兩者並提。鳧是野鴨（見52-53頁），那麼鷺又是何種鳥類呢？

《詩經正義》引《蒼頡解詁》說鷺是鷗鳥，李時珍《本草綱目》沿用此說，混同鷗鷺，認為鷺是鷗的鳴叫聲。其實，只要是漫天蔽日而飛的鳥類，古人都稱之為鷺鳥，因此以鷺為名的鳥類應該不止一種，這正是《山海經》所說「有五色之鳥，飛蔽一鄉，名曰鷺鳥。」鷗鳥之所以有鷺之名，就是因為牠們群飛時會迎浪蔽日的緣故。

不過，詩詞中提到的鷺鳥，所指主要是鷸科鳥類。某些鷸科鳥類會像鷗鳥般浮於水面上，而讓古人難以分辨。宋《清異錄》記載隋代官員劉繼詮曾獻給皇帝羽色如芙蓉的芙蓉鷗二十四隻，豢養於北海之中。不過，今日鷗科鳥類尚不曾見到有羽色如芙蓉的鷗鳥，倒是鷸科鳥類中，喜浮游於海面的紅領瓣蹼鷸與紅瓣蹼鷸的繁殖羽色都為紅色，還比較接近芙蓉鷗。

此外，《稗史彙編》記載，福建有一種模彷「錦地鷗」斑紋製成的杯盤，紋路與鷗鴿的斑點相似，從今日鳥類學觀之，指的應是全身都是斑點的鷸鳥無疑。

左上圖：成群飛行的鷸科鳥類，冬季羽色單調，秦以後混入鷗鳧一類。
左圖：紅領瓣蹼鷸等鷸科鳥類胸前有繁殖紅羽，古稱芙蓉鷗。

【鷦鷯】

古又名：桃蟲、桃雀、巧女
　　　　鳰鷯、蘆虎、剖葦
1 今名：鷦鶯

老子百般足，無事可閒憂。幾年思返林壑，今日願方酬。

潦倒戲衫舞袖，郎講門槌拍板2，端的這回收。

日月兩浮轂，身世一虛舟3。

想鷦鷯，與鴻鵠，不相謀。驚鱗萬里深逝，誰肯更吞鉤。

醉則北窗高臥，醒則南園行樂，莫莫更悠悠。

雲在山中谷，月在水中洲。

————吳潛〈水調歌頭〉

【註解】1. 鷦鷯：音交聊。
　　　　2. 潦倒兩句：形容官場的日子，在潦倒與踉蹌中度過。
　　　　3. 日月兩句：喻指日月如梭，曠懷處世。

【另見】吳潛〈賀新郎〉：誰念我，鷦鷯志。

【鳥類小檔案】
名：褐頭鷦鶯
　　Prinia inornata
別：鶯亞科
長：15公分

世界447種，台灣30種，大陸101種，除兩極外，遍布世界各地。褐頭鷦鶯上體暗灰褐色，下身棕黃色，尾紋色淺，眼紅，下嘴黃，腳瘦弱，身小尾長，雌雄相似，是活動於灌木及草叢的小型鳥類，鳴聲尖細清脆，性活潑，喜在草叢間跳躍鳴叫，抖動尾羽，食物以昆蟲為主，種子與果實為輔。平日小群活動，在茅草頭翹尾而鳴，繁殖期多成對活動，營巢於草叢、樹林等環境，是台灣的特有亞種留鳥。

按 漢楊雄《方言》云：「桑飛，即鷦鶯也，又名鷦鸚。自關而東謂之工雀，今亦名為巧婦，江東呼布母。」即今日所稱的鷦鶯。李時珍指出，「鷦鶯處處有之，生於蒿木之間，居藩籬之上。灰色有斑，聲如吹噓。」喜歡以茅葦之細毛為巢材，巢小如雞卵，精密小巧，因此俗稱「巧婦」。舊俗婦女會取鷦鶯巢來燒煙燻手，據說如此可讓婦人巧於蠶織。

晉代張華承繼莊子之說作〈鷦鶯賦〉，描寫鷦鶯這種小鳥「巢林不過一枝，每食不過數粒」，後世文人遂以鷦鶯這種小鳥來自喻知足無欲。除了這種典型的比喻方式之外，還有一種是將「鷃鵬」之辯（見86-87頁）換成「鷦鵬」之辯，例如唐代吳融〈閒書〉「大底鷦鵬須自適」及宋范仲淹的「鵬鷦共適逍遙理」，王禹偁〈酬楊遂〉「達則為鶤鵬，窮則為鷦鶯」則是進一步將上述兩種象徵加以結合。

宋人梅堯臣所寫的「晨風無定巢，遠寄鷦鶯枝」，則指出了晨風這種猛禽寄巢於鷦鶯枝的托卵行為，但這卻是古籍所載「鷦鶯之雛化而為鵰」的錯誤聯想，原因就出在「杜鵑托卵」與「鳩化為鷹」的現象。杜鵑會托卵於鷦鶯的巢中，加上杜鵑與蒼鷹、雀鷹的羽色及體型相近，古人才會混淆三者，而產生猛禽化為良禽這種不可思議的結論。台灣也曾出現杜鵑托卵於灰頭鷦鶯巢中的生態現象。

左上圖：畫眉亞科的鱗胸鷦鶯，體型較褐頭鷦鶯更小。
左圖：古人常用「鷦鶯一枝」來形容鷦鶯一類小鳥的知足適性。

【鷳

古又名：閑客、白鵫[1]、白雉、
　　　　白翟、林鷳
今名：白鷳

桃蕊初謝，雙燕來後，枝上嫩苞時節。

絳萼滋浩露，照曉景、裁翦冰綃標格[2]。

煙傳靚質[3]，似淡拂、妝成香頰。

看暖日、催吐繁英，占斷上林風月。

壇邊曾見數枝，算應是真仙，故留春色。

頓覺偏造化，且任他、桃李成蹊誰說。

晴霽易雪，待對飲、清賞無歇。

更愛惜、留引鷳禽，未須再折。

　　　　　　　———曹勛〈杏花天慢〉

【註解】1. 鵫：音漢。
　　　　2. 冰綃標格：綃，音宵，生絲之織
　　　　　品；標格，風範。全句用以描寫
　　　　　白杏盛開之美。
　　　　3. 靚質：靚，音靜；靚質，美姿。

鳥類小檔案】

學名：白鷳
Lophura nycthemera

科別：雉科

長：雄110公分；雌65公分

世界155種，台灣7種，大陸62種。體型似雞，雌雄鳥的羽色落差大，翅短而圓、頸短、喙短而厚，常成小群活動，是中至大型之雉科鳥類，羽色多奇麗。雄鳥白背羽上有黑紋，胸腹以藍黑色為主，臉上裸膚與腳紅色，尾長；雌鳥褐背羽，胸腹有褐黑色斑紋，尾較短。多在草叢中活動，食性廣，以植物嫩芽、果實、種子為主食。大陸白鷳是世上最大最白的一種，白馬雞則是近似於白鷳的鳥種。

白鷳，即白雉。晉《禽經注》說白鷳「似山雞而色白，行止閑暇」，宋代李昉畜養五禽時，就稱鷳為閑客。鷳的啼聲「不中律呂，亦啞瑞而已」，所以也稱為啞瑞。《本草綱目》說白鷳「出江南，雉類也，白色而背有細黑文，可畜，彼人亦食之。」並補充說「有黑文如漣漪，尾長三四尺，體備冠距，紅頰，赤嘴，丹爪，其性耿介，亦有黑鷳。」

歷代文人喜歡詠頌白鷳一身的潔白羽色，例如唐代蕭穎士的〈白鷳賦〉、王若巖的〈試越裳貢白雉〉等都是明顯例子。李白更是以酷愛白鷳出名，宋梅堯臣還煞費苦心地自己畜養白鷳，「致鷳猶恐鷳飢渴，細織筠籠小瓦缸」，並因其美羽奇毛而轉贈給歐陽修，歐陽修則依韻寫了「珍奇來自海千里，皎潔明如璧一雙」的客套話來酬答，認為「佳翫能令百事忘」。只是，在他寫給另一名友人的和詩當中，對於梅公的好意，則以「吟齋雖喜留閑客，野性寧忘在嶺雲」來說明自己還是偏愛林間自然鳴啼的野鳥性格。

白鷳不喜近人，警戒性強，一開始被認為是「土人不能馴」的野鳥，後來取其卵由雞代孵之後，終於被馴化。宋徽宗喜好馴養禽獸賞玩，後因諫臣所勸，便全數放生，只有一白鷳不肯離去。據傳宋末陸秀夫抱宋帝趙昺投水自盡時，舟中白鷳也奮擊哀鳴，隨籠墜水而死。顯示白鷳不僅羽色潔白，性情也耿介不阿。

左上圖：白鷳只在大陸局部地區出現，一般只能在籠中觀賞。
左圖：白鷳因羽色潔白無瑕，為唐宋文人所珍愛。

古又名：青耕、獨舂、雪客、霜衣、
　　　　帶絲禽、舂鋤
今名：白鷺鷥

常記溪亭日暮，沉醉不知歸路。

興盡晚回舟，誤入藕花₁深處。

爭渡₂，爭渡，驚起一灘鷗鷺。

──────李清照〈如夢令〉

【註解】1. 藕花：即荷花。
　　　　2. 爭渡：怎樣搖渡呢？

【另見】王安中〈鷓鴣天〉：親將聖主如絲語，傳與陪都振鷺行。
　　　　晁補之〈摸魚兒〉：東皋嘉雨新痕漲，沙觜鷺來鷗聚。
　　　　張炎〈春從天上來〉：海天回槎，認舊時鷗鷺，猶戀蒹葭。
　　　　張炎〈臺城路〉：荷陰未暑，快料理歸程，再盟鷗鷺。
　　　　賀鑄〈減字浣溪沙〉：清淺陂塘藕葉乾，細風疏雨鷺鶿寒。
　　　　葛勝仲〈漁家傲〉：興盡碧雲催日暮，招晚渡，遙遙一葉隨鷗鷺。
　　　　趙子崧〈菩薩蠻〉：雨荷驚起雙飛鷺，鷺飛雙起驚荷雨。
　　　　趙令時〈虞美人〉：驚起一灘鷗鷺、照川明。
　　　　劉辰翁〈減字木蘭花〉：潁水歸田，白鷺鷥猜已十年。
　　　　蔣捷〈賀新郎〉：手拍闌干呼白鷺，為我殷勤寄語，奈鷺也、驚飛沙渚。

【鳥類小檔案】
華名：小白鷺
　　　　Egretta garzetta
科別：鷺科
身長：61公分

世界60種，台灣20種，大陸22種。小白鷺全身白色，嘴、腳黑色，趾黃色。繁殖期時頭上長有飾羽，背、頸下方也有飾羽，體型瘦長，嘴直長而尖，頸長，翼大而圓，腳長尾短，雌雄同色。飛行時頸彎成S型，拍翅緩慢，呈直線飛行。主要棲息於沼澤、湖泊、海邊等，常單獨或群聚於淺水區涉水啄食小魚、蛙、蝦、蟹或在陸上啄食小昆蟲、蜥蜴等。群聚築巢於木麻黃與竹林上。

李時珍《本草綱目》引《禽經》之說，認為白鷺南飛之時天降白露，因而得名。古人畜養於池塘的白鷺，雖然平日溫馴如家禽，可是節氣只要到了白露，一定會飛走，這原是候鳥的本性使然。

白鷺的別名繁多，因為喜歡於淺水步涉，一低一昂如舂如鋤之狀，所以稱為「舂鋤」。由於羽色潔白，又稱「白鳥」。高腳善翹，長喙善啄，頂上有長毛十數枚，因此一名帶絲禽。宋《埤雅》說「鷺啄則絲偃，藏殺機也。」白鷺只有在繁殖季節時才會長出飾羽，並非因為平日捕食才特別藏匿不見。

民間有個古老的傳說：當眾鳥離山避瘴之時，臨去之前會留下一隻白鷺獻祭山神。古代軍中還有個習俗，每郡的主將敲定交接日期，都是選在白鷺鷥從大運河飛來州城停棲的次日，才能迎新送舊，所以白鷺又號「先至鳥」。

白鷺屬林棲水鳥，群飛成序，晉張華注《禽經》「鴻儀鷺序」時，便指出了鷺鷥群飛小不逾大的特性，因此唐宋以後多以鷺序來喻指朝官班行之美。

古籍中還有一種「似鷺而頭無絲，腳黃色者，俗名白鶴子」（見96-97頁）的鳥類，應是泛指非繁殖期的白鷺鷥。另有一種紅色的朱鷺，與今日珍稀的朱鷺相類。楚成王時曾有朱鷺合沓飛舞，後世因而編成朱鷺舞曲。

左上圖：飛行優雅的小白鷺，是文人稱羨與著墨的對象。
左圖：在荷葉上覓食的小白鷺，破壞了白鷺一貫的悠閒形象。

【鸂鶒】

古又名：紫鴛鴦、溪鷘、
溪鵡
今名：澤鳧等

遍地輕陰綠滿枝，乍晴初試袷羅衣[2]，東風院落日長時。

鸂鶒池邊飛燕子，海棠花裡鬧蜂兒，一春心事只春知。

　　　　　　　　　　　　　　————無名氏〈浣溪沙〉

【註解】1. 鸂鶒：音七尺。
　　　　2. 袷羅衣：袷音夾，夾衣。袷羅衣指由綾羅所織成的兩層夾衣。

【另見】石孝友〈謁金門〉：遠岸雙飛鸂鶒，一水無情自碧。
　　　　辛棄疾〈清平樂〉：鸂鶒不知春水暖，猶傍垂楊春岸。
　　　　范成大〈謁金門〉：恰似越來溪側，也有一雙鸂鶒。
　　　　晁補之〈鷓鴣天〉：圓荷蓋水垂楊暗，鸂鶒鴛鴦總下時。
　　　　舒亶〈菩薩蠻〉：小池山額垂螺碧，綠紅香裡眠鸂鶒。
　　　　溫庭筠〈菩薩蠻〉：翠翹金縷雙鸂鶒，水紋細起春池碧。

【鳥類小檔案】
學名：澤鳧
　　　Aythya fuligula
科別：雁鴨科
身長：40公分

世界147種，台灣40種，大陸52種。澤鳧身長40公分，扁嘴鉛灰色，先端黑色，眼黃，腳灰黑，趾間有蹼。雄鳥頭至頸部為泛光澤的黑紫色，頭後有飾羽，故名紫鴛鴦。除下胸、腹、脅為白色外，其餘各處為黑色。雌鳥飾羽較短，除白腹外，餘多為黑褐色。主要棲息於湖泊、田澤等處，以水生動、植物為主食。性群棲，覓食時，或將尾下垂拖於水面或潛入水中啄食，又名鳳頭潛鴨。

鸂鶒與鴛鴦都是詩人文士常用來比喻成雙成對的愛情鳥，詩詞當中或兩者合詠，或單提一種，合詠者如唐人孟浩然「鴛鴦鸂鶒滿灘頭」、徐寅「鴛鴦鸂鶒總雙飛」及宋人呂渭老「稱鴛鴦鸂鶒，兩兩池塘」、晁端禮「香爐重燃鸂鶒，羅衾再拂鴛鴦」及柳永「雙雙戲、鸂鶒鴛鴦」等詞。

不過，因為這兩種愛情鳥同質性極高，所以還是以單提者居多，例如杜安世「眠沙鸂鶒臨清淺」、辛棄疾「更何處、一雙鸂鶒，故來爭浴」、歐陽修「鸂鶒灘頭風浪晚」等，與鴛鴦的形象如出一轍。

宋《埤雅》與明《三才圖會》說鸂鶒「五色，尾有毛如船舵，小於鴨，性食短狐，在山澤中，無復毒氣。」這種尾如船舵的形容，與今日鴛鴦的帆狀飾羽以及喜歡在山澤中活動的習性均相同，所以古代大部分的文士都把鸂鶒當成鴛鴦來看待，由此可知鸂鶒與鴛鴦在外形上應該極為相似。李時珍則進一步指出鸂鶒體型大於鴛鴦，而且羽色多紫，喜歡成對活動，所以又稱為「紫鴛鴦」。

現今學者因為鸂鶒具冠羽，而多認為應該是秋沙鴨屬一類，不過若是以體型、具冠羽以及符合「紫鴛鴦」外形等條件來看，那麼雄鳥頭頸部會泛出紫色金屬光澤的澤鳧應該更為貼近。

左上圖：唐秋沙一類羽色亮麗且具冠羽的雁鴨科鳥類，也常被認為是古代的鸂鶒。
左圖：澤鳧是少數具有冠羽及紫色光澤的潛鴨，因此贏得紫鴛鴦之名。

【鸚鵡

古又名：鸚哥、乾皋、臊陀
　　　　辨哥、能言鳥
今名：鸚鵡

秋暮，亂灑衰荷，顆顆真珠雨。

雨過月華₁生，冷徹鴛鴦浦。

池上憑闌愁無侶。奈此箇、單棲情緒。

卻傍金籠共鸚鵡。念粉郎₂言語。

───── 柳永〈甘草子〉

【註解】1. 月華：月光。
　　　　2. 粉郎：粉面何郎的簡稱。原指何晏，此借稱白淨的美男子。

【另見】文天祥〈齊天樂〉：鸚鵡沙晴，葡萄水暖，一縷燕香清裊。
　　　　史達祖〈青玉案〉：蘭燈初上，夜香初炷，猶自聽鸚鵡。
　　　　周邦彥〈荔枝香近〉：何日迎門，小檻朱籠報鸚鵡，共剪西窗蜜炬。
　　　　張先〈酒泉子〉：金籠鸚鵡怨長宵，籠畔玉箏紋鬧。
　　　　張炎〈大聖樂〉：深庭宇，對清晝漸長，閒教鸚鵡。
　　　　陸游〈風流子〉：空羨畫堂鸚鵡，深閉金籠。
　　　　賀鑄〈平陽興〉：深藏華屋鎖雕籠，此生乍可輸鸚鵡。
　　　　劉辰翁〈踏莎行〉：雙飛燕子自相銜，會教脣舌調鸚鵡。
　　　　歐陽修〈踏莎行〉：畫梁新燕一雙雙，玉籠鸚鵡愁孤睡。

【鳥類小檔案】
學名：紅領綠鸚鵡
　　　 Psittacula krameri
科別：鸚鵡科
身長：38公分

世界332種，台灣只有籠中逸鳥，大陸7種。分布於熱帶到亞熱帶之間，體型大小不一。飛行有力，羽色多變，雌雄羽色相似。長尾綠鸚鵡約有6種，紅領綠鸚鵡即其一，紅嘴短厚，全身綠羽，藍尾，尾端黃色，雄鳥綠頭藍枕，粉領，雌鳥綠頭。樹棲性鳥類，常在山林間結群，在樹上攀援跳躍，取食漿果、種子等。飛行快速，邊飛邊鳴，鳴聲響亮，易於聽辨，可馴養模擬人語，營巢於樹洞中，是人類常籠養的鳥種。

漢末禰衡矯時傲物，得罪權貴，由曹操處轉依黃祖，在一場宴會上有人送鸚鵡珍禽，禰衡即席創作，文不加點，一氣呵成〈鸚鵡賦〉。後人即以傳說中鸚鵡經常棲集的「鸚鵡洲」作爲人才聚集的象徵，詩詞中也常提及，例如劉過「周郎赤壁，鸚鵡汀洲」、戴復古「騎黃鶴，賦鸚鵡，謾風流」等詞句。

　　秦漢時期，中土已有鸚鵡的記載，由於此鳥自遠而至且聰慧可人，因此成爲貴族與士人珍視的籠鳥。唐玄宗時，嶺南曾進獻白鸚鵡，玄宗特別稱之爲「雪衣娘」，後慘遭鷹隼獵殺，楊貴妃還豎立鸚鵡塚紀念。

　　鸚鵡善模仿人語，據傳曾爲主人伸冤，而被封爲綠衣使者。詩詞中也喜歡以鸚鵡學語來代替人言，婉轉道出心中愁緒，如馮延巳「玉鉤彎柱調鸚鵡」，以便讓牠發出「宛轉留春語」。張炎更在多闋詞中詠及，如「知是誰調鸚鵡、柳陰中」等。至於柳永所寫的「鸚鵡能言防漏泄」及晏殊「鸚鵡前頭休借問」，則是以另一種手法表達出鸚鵡模仿人語的天賦。

　　可旻〈漁家傲〉「鸚鵡頻伽知幾隻，音聲和雅鳴朝夕」，說的是鸚鵡與佛經的關係。佛經曾記載鸚鵡爲舊鄰救火，義行感天而獲選爲鳥王，還曾爲無道的國王闡說佛法。據說洛陽曾經有人將所養的鸚鵡送給僧人教牠誦經，死後火化時竟有舍利子。這便是《隋書》所說的舍利鳥的來源。

左上圖：紅吸蜜鸚鵡是少見的珍禽，與白鸚鵡一樣受到古人所珍視。
左圖：紅領綠鸚鵡是大陸六種長尾綠鸚鵡之一，是詩詞吟詠的主角。

鸛

古又名：鸛鶴、鵚鶖1、扶老、鷋鵖2、鶖
今名：白鸛

幾陣蕭蕭弄雨風，片雲微破月朦朧。

田家側耳聽鳴鸛，寰海傾心想臥龍3。

堯日近，舜雲濃4，聖仁天覆忍民窮。

會看膏澤隨車下5，祇恐詩人句未工。

————姚述堯〈鷓鴣天〉

【註解】1. 鵚鶖：音禿秋。

2. 鷋鵖：音員居。

3. 臥龍：本篇是渴雨之作，臥龍指負責興雲降雨的海龍王。

4. 堯日句：意指希望雲日能如堯舜時的太平盛世，風調雨順。

5. 膏澤隨車下：潤濕大地的及時雨隨著雲車而降下。

【另見】沈括〈開元樂〉：鸛鶴樓頭日暖，蓬萊殿裡花香。

晁端禮〈一落索〉：鸛鶴樓邊初到，未花殘鶯老。

黎廷瑞〈青玉案〉：巨舟雙艣鳴鵝鸛，千萬頃、玻璃面。

【鳥類小檔案】
學名：白鸛
　　　 Ciconia ciconia
科別：鸛科
身長：100公分；
　　　 翼長170-200公分

世界19種，台灣2種，大陸5種，分布遍及全球濕地。白鸛是大型涉禽，全身白羽，飛羽黑色，與東方白鸛相似，紅嘴而非黑嘴是二者的區別，紅腳特長，雌雄同色。不善鳴叫，鳴聲是由嘴叩擊發出。種群數量稀少，棲息於沼澤、濕地或平原上的池塘，常佇立於淺水區啄食魚蝦、昆蟲等水生動物。飛行時常隨熱氣流盤旋上升，拍翅緩慢，呈直線飛行。築巢於樹上、柱上或煙囪上。

　　早在《詩經》就提到鸛這種鳥類，〈小雅・白華〉「有鶖在梁」一句，解經者說這是一種狀如鶴而大、長頸赤目且好啖蛇的鳥類，俗稱禿鶖，其實就是指禿鸛一類的鳥。

　　李時珍說禿鶖之名來自鳥頭無毛而禿，就像老人的光頭，所以鸛又稱「老鸛」。此外，又因為頭部光潔像手杖般光滑，所以有「扶老」一名。但是元《瑯嬛記》卻說山中老人常在手杖上雕刻禿鶖的頭形，並稱此類手杖為扶老，並非指禿鶖而言。

　　《格物總論》說鸛的形貌與鶴相類，赤腳而無朱頂的是白鸛。李時珍補充說鸛是大型水鳥，青蒼色，頭頂裸皮紅色如鶴頂，嘴喙深黃色且扁直。這是指禿鸛而言。也有人認為鸛鳥就是傳說中的鶬鴰，據說蜀王曾看見鶬鴰群集於摩訶池，因而罹患重病。這其實是古人對於其貌不揚的稀有鳥種所產生的恐懼感。

　　宋《爾雅翼》說鶖是貪戀之鳥，品性不如鶴之高潔。《北史》載後魏明帝時，曾捕獲鶖鳥而養於宮中，這種醜形惡聲的「饕餮之禽」必須大量餵食，因此士人深感嫌惡。史書還說鶬鶖出現時，通常是帝王駕崩或國勢動盪的徵兆。因此，《太平廣紀》說鶖鳥出現時，一定會為人所射殺。不過，《元史》則記載當揚州淮安縣蝗害成災時，許多蝗蟲因鶖鳥的啄食翅擊而死，成宗曾下詔禁捕這種平定蝗災有功的鳥兒。

左上圖：築巢於屋宇或樹顛的白鸛，是西洋有名的送子鳥。
左圖：白鸛除嘴色外，其餘與東方白鸛相同，在古代都是鸛鶖的代表。

鸜鵒

古又名：鴝鵒、花鵒、寒皋
捌捌鳥、八人兒

1 今名：家八哥等

論長校短₂，總是非閒譽。光景百年中，似難留、長江東去。

隨緣遊戲，觸口寄高情，西樓月，北窗風，鸜鵒尊前舞。

故人襟韻，千里心相許。飛騎趁花時，正名園、揉風洗雨。

玻璃瀲灩，聊共醉紅裙₃，陽春曲₄，碧雲詞₅，慷慨懷千古。

————廖剛〈驀山溪〉

【註解】1. 鸜鵒：音渠欲。

2. 校短：校通較，比較長短。

3. 紅裙：歌伎的代稱。

4. 陽春曲：古樂名，喻指高雅的樂曲。

5. 碧雲詞：典出江淹，借指離別之曲。

【另見】辛棄疾〈玉樓春〉：侵天且擬鳳凰巢，掃地從他鸜鵒舞。

【鳥類小檔案】
學名：家八哥
　　　Acridotheres tristis
科別：八哥科
身長：25公分

世界114種，台灣8種，大陸19種。主要分布於歐洲、亞洲及非洲南部。嘴直而長，翼末端呈尖形，尾短，是鳴聲吵雜、群動性高的鳥類。主要棲息於曠野、樹林地帶，雜食。築巢於樹洞中。本文所指家八哥，嘴、腳均為橙黃色，全身黑色泛光澤，上嘴基部有豎毛，尾末白色，翼上有白斑，飛行時極醒目。常見於人類生活環境中覓食，會模仿其他鳥種叫聲及人語，是常見的籠鳥。

鸜鵒就是唐詩中提到的鴝鵒，李時珍說這種鳥金黃色的眼睛瞿瞿有神，因而得名。鴝鵒身首羽色全黑，具有傳說中「火鳥」的特點，因此古人也認為牠會銜拾火種。天寒欲雪時，會成群飛鳴相告，所以也稱為寒皋，南方土人則稱之為八哥。

鴝鵒也像鵲鳥（見84-85頁）一樣，有報凶及報喜兩種極端看法。《左傳》說鴝鵒一現身，會反映災異現象；《隋唐嘉話》則說鴝鵒會飛銜象徵官職的魚袋置於室內案桌上，先行報喜。若是白鴝鵒更是大吉。

鴝鵒善於模仿人語，甚至比鸚鵡更傳神，所以也稱為慧鳥。唐《獨異志》有一則相關的有趣記載，晉人桓豁鎮守荊州時，部下曾在五月五日捕得鴝鵒雛鳥，剪其舌後教學人語有成，某次聚會，桓豁讓鴝鵒學語來娛樂大家。鴝鵒為了模仿座中有位鼻塞的客人，還特地飛入甕中說話，維妙維肖的聲音讓人莞爾。明《山堂肆考》還說宋元祐年間，長沙郡人養了一隻會念誦阿彌陀佛及佛經的鴝鵒，死後口中竟生出一朵蓮花。不過，鴝鵒的鳴聲卻噪雜難聽，梅堯臣〈和歐陽永叔啼鳥十八韻〉中，還特別將鴝鵒與老鴉相比。

鴝鵒眼睛特別明亮，有些硯台還特地刻成鴝鵒眼睛的形狀。此外，賀鑄的「水牯負鴝鵒」與梅堯臣〈牛背雙鴝鵒〉，描寫的就是舊日農村常見的「八哥騎在牛背上」的景象。

左上圖：白椋鳥就是古代的白鴝鵒，古人視為祥瑞之鳥。
左圖：花鳥畫常取家八哥的八數，與柏樹相搭成為吉壽的象徵。

【在天願作比翼鳥

湖上風光直萬金，芙蓉並蒂照清深。

須知花意如人意，好在雙心同一心。

詞共唱，酒俱斟，夜闌扶醉小亭陰。

當時比翼連枝願，未必風流得似今。

————楊无咎〈鷓鴣天〉

在中國的文學作品中常出現比翼鳥或比翼一詞，兩者原為鳥名，都是指古人所說的「鶼鶼」，比翼後來則有匹配及雙宿雙飛之意，所描寫的鳥類往往不盡相同。例如錢起「不及川鳧長比翼」及李康成「水中鳧鷖雙比翼」寫的都是成雙的水禽；盧綸「比翼和鳴雙鳳皇」是指鳳凰；王建「鴛鴦比翼人初帖」描寫的是鴛鴦；李紳「錦毛爛斑長比翼」是指鸂鶒；「還向雲間雙比翼」則是指翡翠；任昉「長效比翼文鴛」及黃庭堅「比翼紋禽」，描寫的是鴛鴦的雙宿雙飛。

至於比翼鳥究竟是何種鳥，古籍說得含糊不清。明《三才圖會》引述《爾雅》，說「結胸國有比翼鳥」，表示比翼鳥產自南方，而且「不比不飛，謂之鶼鶼。」意思是說要兼相比翼才能飛行，因此取名為鶼。《山海經・西山經》載云「崇吾之山，有鳥焉，其狀如鳧，而一翼一目，相得乃飛，名曰蠻，蠻見，則天下大水。」這種稱為蠻鳥的比翼鳥只有一翼一目，雌雄同體，而且都是在水災時出現，是不吉祥的象徵。此外，古籍中還提到一種狀如鶴鳥、羽色赤黑以及一身二首四足的比翼鳥。

　　不過，到了東晉《拾遺記》時，比翼鳥則已由凶變吉，並有雌雄之分：「周成王六年，然丘之國獻比翼鳥，雌雄各一，以玉為樊籠，狀如鵲而多力，銜南海之丹泥，巢崑崙之玄木，遇聖則來集，以表周公輔聖之祥異也。」《圖贊》也說：「比翼之鳥，似鳧青赤，雖云一形，氣同體鬲，延頸離鳴，翻飛合翮。」指出了氣同體隔的觀念，而非雌雄同體。

　　晉郭璞曾說比翼鳥的羽色是青赤色，張華《博物志》則將赤青色變成「一青一赤」，出現了雌雄鳥異色的比翼鳥。元《瑯嬛記》還分別給予雌雄鳥不同名稱，說「南方有比翼鳥，飛止飲啄，不相分離。雄曰野君，雌曰觀諱。總名曰長離，言長相離著也。」

　　其實，不管是一足一目一翼或一身二頭四足，古人對於比翼鳥的描寫不過是雄鳥蹲伏在雌鳥身上進行交尾行為時所出現的現象。由於古人不了解鳥類繁殖與交尾的情況，才會產生誤會。

　　總之，古人所謂的比翼鳥可以泛指所有正在交配的成對鳥兒，或雙比雙飛的雌鳥與雄鳥，而不是真的有雌雄同體的比翼鳥。正如《易林》所云：「比目附翼，歡樂相得，有羽鶼鶼。」指出鳥兒在歡樂相得時，就會比翼成鶼鳥。

左頁圖：雌雄異色的藍磯鶇（*Monticola solitarius*）近
　　　　似於張華筆下的比翼鳥。
右頁圖：正在交尾的栗喉蜂虎（*Philippinus merops*）
　　　　應是古籍所說一身二首四足的比翼鳥。

【千載名啼畫眉嬌

百轉千聲隨意移，山花紅紫樹高低。

始知鎖向金籠聽，不及林間自在啼。

————歐陽修〈畫眉鳥〉

畫眉科鳥類主要分布於亞洲、歐洲南部、非洲及澳洲，為小至中型的鳥類。細嘴略彎，翼短圓，腳力強健，善鳴唱，屬於森林鳥類，大多為留鳥，很少隨季節更換而作長途移棲。「畫眉」的白色繡眼在眼後呈細眉紋，頭頂與頸背有黑色縱紋，經常成對或成群在野地腐葉間穿行覓食。雄鳥好鬥，鳴聲悅耳多變。

畫眉鳥是相當常見的鳥類，但是唐詩、宋詞中卻無專章吟詠畫眉的作品，

宋詩中明言提到畫眉者，也只有歐陽修〈畫眉鳥〉及范成大〈山徑〉「行到竹深啼鳥鬧，鵓鳩老怨畫眉嬌」等寥寥可數的詩篇。

畫眉又有沈鳥兒、俊禽、千載名啼等別稱。《直省志書》云：「畫眉，褐色，眉細曲而長如畫。詩林有云：香廚入畫眉。」這是古籍中描寫畫眉鳥與今日所說的種類最為相近者。顧名思義，畫眉就是指這類鳥的眉毛細長而彎，有如美人所畫的眉毛。這種鳴聲出眾的鳴禽，直到宋代才開始受到詩人側目。其中以歐陽修〈畫眉鳥〉一詩所詠的籠中畫眉最為有名。

畫眉天生就鳴聲出眾，據方志所載，錢塘村民在籠畜畫眉時還特別訓練牠們鳴叫的技巧，並於每年的十月初一特地在吳山舉辦畫眉鳥歌唱大賽，相互觀摩切蹉。

明太祖朱元璋還作了一首〈畫眉賦〉來吟詠這種「囀聲冷然而美聽」的俊禽與千載名啼。不管是花鳥畫或者是籠中鳴禽，畫眉都是相當重要的主角之一。明英宗天順年間，甚至還發生為了一隻畫眉鳥而害了五條人命的事件。當時杭州有沈姓人家養了一隻善叫能鳴的畫眉，縱使有人出十兩黃金也不肯割愛。有一天沈某在西湖遛鳥時，因腹痛不止而委請一位製桶維生的友人前往告知家人，沒想到等沈家人趕到時，沈某已遭切桶的利器斷頭而橫屍湖邊。沈家人於是一口咬定這製桶匠用謀生工具殺人棄屍，百口莫辯的製桶匠最後屈打成招。不久，有兩兄弟在懸賞下送來了腐爛的頭顱，結果製桶匠遭到秋決。幾年後，有人在蘇州發現了沈某豢養的畫眉鳥，追問來歷後覺得可疑而轉告沈家，沈家馬上報官捉人，事跡

敗露後，這殺人元凶才坦承罪行並挖出沈某的頭顱。而最初送來頭顱的兩兄弟也承認為了賞金，割下死去父親的頭顱假冒。最後三人都被判了死刑。後來杭州人就稱這種畫眉為「沈鳥兒」，並認為是罹禍的根源。

左頁圖：大陸畫眉（*Garrulax canorus*）屬於畫眉亞　　　　科，因鳴聲悅耳而成為籠中鳴禽的代表。
右頁圖：畫眉鳥除了用為女性的象徵外，清代揚州八　　　　怪之一的華嵒也將畫眉入畫作為自身寫照。

【啼殺白頭翁

林外一聲青竹筍，坐間半醉白頭翁。

春山最好不歸去，慚愧春禽解勸儂。

　　　　　　　　————蘇軾〈風水洞聞二禽〉

白頭翁又稱爲白頭鳥、白頭鵯，鵯科鳥類主要分布於非洲及東南亞地區。上體以橄欖綠爲主，下身灰白，有一灰褐色的寬領，眼後有一白色耳斑，鳴聲單調，是大陸南方與台灣常見的鳥類。經常成群出現於林緣、灌叢等處，跳躍嬉鬧，適應力強，在都會區仍可看見。性活潑，喜歡干擾附近的其他鳥類，也會模仿其他鳥種的鳴聲、飛行與覓食方式，並在高低不一的樹椏處築巢，是台灣特有亞種留鳥。

明《三才圖會》云：「鳥有名白頭翁者，形似鶺鴒，其飛似燕之頡頏，頭上有白毛，身蒼色，宋魏野有白頭翁詩，甚佳。」該詩一開頭便寫道：「有何辛苦有何愁？個個林間盡白頭」，一語道出白頭翁這種鳥類的特色。

奇怪的是，宋詞找不到與白頭翁相關的作品，蘇軾〈風水洞聞二禽〉是少數詠及白頭翁的詩篇，「林外一聲青竹筍」青竹筍指的是白頭翁的鳴聲。元明兩朝吟詠白頭翁的作品也不多，其中有陳基的〈白頭翁詞〉：「杜陵三月春風暖，燕語鶯啼雜絃管。落花撩亂紫騮嘶，平樂歸來酒尊滿。雨急風篁忽已秋，幽鳥多情亦白頭。不隨翡翠花間宿，卻愛鴛鴦水上游。春去秋來不知老，安樂即多憂患少。綺窗深處語言奇，付與紛紛秦吉了。」此外，還有元人貢性之的〈題畫白頭雙鳥〉：「笑殺錦鴛鴦，浮沉浴

大江。不如枝上鳥，頭白也雙雙。」還有丁鶴年的〈應教題落花芳草白頭翁〉「草長連朝雨，花殘一夜風。青春留不住，啼殺白頭翁。」以及明代沈周〈白頭翁〉「十日紅簾不上鉤，雨聲滴碎管絃樓。梨花將老春將去，愁白雙禽一夜頭。」

《吳志》提到了一則與白頭翁相關的有趣故事：傳說孫權與群賢相會之時，殿前出現了一隻白頭鳥，孫權問諸臣這是什麼鳥？諸葛恪答說是「白頭翁」，結果在座最老且滿頭白髮的大臣張昭以爲諸葛恪借白頭鳥來嘲笑自己，便生氣地說諸葛恪以戲言欺瞞孫權，他說：「未嘗聞鳥名白頭翁者，試使恪復求白頭母！」張昭認爲既有白頭翁，怎會沒有白頭母呢？諸葛恪從容地反擊說這種情形就像古稱鸚母（鸚哥）的鳥，未必找得到鸚

父一樣，張昭一時語塞，座中君臣則大笑不已。

鳥禽中有白頭翁，藥草中也有稱爲白頭翁者，如黃庭堅的「笑擁白頭翁」及晁說之的「藥裏白頭翁」就是藥草名。

左頁圖：白頭翁（*Pycnonotus sinensis*）具有老人、平安、愛情等數種象徵。
右頁圖：白頭翁有白頭到老的象徵，是花鳥畫中常出現的主角。

【俊鶻海東青

二月都城春動野，引龍灰向銀床畫。

士女城西爭買架，看馳馬，官家引佛官蘭若。

水暖天鵝紛欲下，鷹房奏獵催車駕，卻道海青逢燕伯。

纔過社，柳林飛放相將罷。

　　　　　　　——元‧歐陽玄〈漁家傲〉

海東青的古名不一而足，包括海青、白鶻、霜鶻、白鷹、俊鶻、海鶻等。明《三才圖會》在介紹這種鳥時引《異名記》的說法，說這種狀如鶻的猛禽是從高麗渡海而來，飛行速度迅速，最善於狙擊獵物，尤其是天鵝。若海東清能夠狙擊到鵝群當中體型最大的「頭鵝」，其餘鵝群在群龍無首的情況下，就可一網成擒。

明《稗史彙編》還詳細描寫海東青擒鵝的動作：當頭鵝出現時，主人將矇眼的海東青放飛衝天，當牠追上天鵝時，才讓跟在一旁類似小隼的「小青兒」唧去眼罩，讓海東青以俯視之姿用雙爪猛抓頭鵝的雙目，一旦頭鵝失勢墜落，其餘鵝群也會跟著降落。這種猛禽是「鶻之俊者」，一名俊鶻。

《鳥獸續考》則說「海東青，名白鶻」「能以小擊大，食天鵝之屬。」也就是姜夔「著酒行行滿袂風，草枯霜鶻落晴空，銷魂都在夕陽中」、趙文「便踢翻爐鼎，拋卻蒲園，直憑俊鶻梢空時候」及「楊花浩蕩晴空轉，又化作、雲鴻霜鶻」以及陳亮「十朝半月，爭看搏空霜鶻」等數闋詞中提到的鶻。此外，陸游〈題揭本姜楚公鷹〉有「海東俊鶻何由得，空看綿州舊畫鷹」句，可見這種猛

禽已經入畫了。

　　海東青的體型大如雞，明人沈周〈鷺鳥行〉「東海鷺禽身幹小」，指的就是海東青。南朝《幽明錄》曾提到楚文王喜好畋獵，有人曾上貢一隻白鷹，牠會以迅雷不及掩耳的動作狙殺大鵬的雛鳥。這隻白鷹就是海東青。

　　唐《朝野僉載》也記載太宗曾豢養白鶻，還特別賜號「將軍」。李白詩「八月秋風高，胡鷹白錦毛；孤飛一片雪，萬里見秋毫。」所詠對象即為海東青，只是當時未有此名。

　　由上文可知，海東青應是屬於隼、雀鷹一類的猛禽。現今白色猛禽中，只有茅隼有過攻擊天鵝的紀錄。不過茅隼的羽色雖相近，體型卻已經接近於中型猛禽，與小體型的海東青不盡相符。因此，海東青應該還包括屬於稀有的白鷹一類的猛禽，能馴化為獵鳥的游隼及獵隼等。

左頁圖：獵隼（*Falco cherrug*）一類的猛禽，在花鳥　　　　畫中被誇大成可在空中獵殺大型獵物。
右頁圖：自海外飛來的游隼（*Falco peregrinus*）是　　　　「海東青」得名由來。

【中名索引

【英名學名索引　註：斜體字為拉丁學名。

圖片提供

Ho Chi-Kong 30左上圖、38主圖、42主圖、118左上圖、122左上圖；江明亮20主圖、左上圖、90左上圖、130圖；吳志典22左上圖、26主圖、36主圖、左上圖、40主圖、44主圖、46左上圖、56左上圖、60左上圖、102主圖、左上圖、書名頁圖；沈錦豐124圖；張凱22主圖、58主圖、68主圖、左上圖、100主圖、126圖、127圖、129圖；莊昭勝44左上圖；陳士高34主圖、110左上圖；陳仕宏24主圖、左上圖、28左上圖、78左上圖、96主圖；陳甫鼎18主圖、左上圖；陳明德16左上圖、70主圖、

76左上圖、80主圖、82左上圖、88左上圖；陳建源118主圖；陳家強38左上圖、42左上圖；陳殿原86主圖、左上圖、114左上圖；陳興源16主圖；游萩平50主圖、62主圖、70左上圖、84主圖、90主圖、92主圖、98主圖；楊東峰12主圖、左上圖、104主圖、112主圖、左上圖；廖本興116主圖；劉倖君14主圖；劉順強14左上圖、54左上圖；蔡偉勛104左上圖；鄭期弘52左上圖、62左上圖、120主圖、左上圖；鄧亦丘72主圖、80左上圖、108左上圖；黎光明32主圖、34左上圖、40左上圖、50左上圖、64主

圖、左上圖、78主圖、84左上圖、122主圖；蕭誉錦76主圖；謝文欽30主圖、46主圖、48主圖、左上圖、54主圖、58左上圖、72左上圖、74主圖、左上圖、88主圖、98主圖、106主圖、108主圖、116左上圖、125圖；謝孟翰32左上圖；魏忠正28主圖、52主圖、66主圖、左上圖、94主圖、100左上圖；羅濟鴻26左上圖、56主圖、60主圖、82主圖、92左上圖、94左上圖、96左上圖、106左上圖、110主圖、114主圖、128圖、131圖。

宋詞鳥類圖鑑

作者　韓學宏
出版　貓頭鷹出版
發行人　蘇拾平
發行　英屬蓋曼群島商家庭傳媒股份有限公司城邦分公司
　　　台北市中山區民生東路二段141號2樓
讀者服務專線：0800-020-299／24小時傳眞服務02-25170999
郵撥帳號　19833503英屬蓋曼群島商家庭傳媒股份有限公司城邦分公司
香港發行所　城邦（香港）出版集團　電話：852-25086231　傳眞：852-25789337
新馬發行所　城邦（馬新）出版集團　電話：603-90563833　傳眞：603-90562833
印製　成陽彩色製版印刷股份有限公司
初版　2004年11月
定價　新台幣350元
ISBN　986-7415-14-0
有著作權·侵害必究
總編輯　謝宜英
責任編輯　黃淑雲
特約執行編輯　莊雪珠
校對　韓學宏　莊雪珠　黃淑雲
美術編輯　歐陽碧智
行銷企畫　夏瑩芳　林筑琳　柯若竹
電子郵件　owl_service@cite.com.tw
貓頭鷹知識網　www.owl.com.tw　歡迎上網訂購
大量團購　請洽專線（02）2356-0933轉282

國家圖書館出版品預行編目資料

宋詞鳥類圖鑑／韓學宏著. -- 初版. --
　臺北市：貓頭鷹出版：家庭傳媒發行,
　2004〔民93〕
　　面；　公分
　ISBN 986-7415-14-0（精裝）

　1. 詞 - 歷史 - 宋(960-1279)

　2. 詞 - 評論　3. 鳥 - 圖錄

820.9305　　　　　　　　　93017255